全民微阅读系列

想做人的猴子

张爱国　著

江西高校出版社

图书在版编目(CIP)数据

想做人的猴子/张爱国著. —南昌:江西高校出版社,2017.9(2020.2 重印)

(全民微阅读系列)

ISBN 978 - 7 - 5493 - 6064 - 2

Ⅰ.①想… Ⅱ.①张… Ⅲ.①小小说—小说集—中国—当代 Ⅳ.①I247.82

中国版本图书馆 CIP 数据核字(2017)第 225559 号

出 版 发 行	江西高校出版社
社 址	江西省南昌市洪都北大道 96 号
总编室电话	(0791)88504319
销 售 电 话	(0791)88592590
网 址	www.juacp.com
印 刷	永清县晔盛亚胶印有限公司
经 销	全国新华书店
开 本	700mm×1000mm 1/16
印 张	14
字 数	180 千字
版 次	2017 年 10 月第 1 版
	2020 年 2 月第 2 次印刷
书 号	ISBN 978 - 7 - 5493 - 6064 - 2
定 价	36.00 元

赣版权登字 -07 -2017 -1169

目录

CONTENTS

猎豹妈妈的错误

秋后的草原,忽然狂风大作,成群结队的食草动物仿佛一下子遁入地下。冬与夏,难道就这样毫无衔接地过渡?

猎豹艾莉娅似乎就是这么想的,她一系列的错误也正是由这个错误的判断开始的。这也难怪,因为草原的天气实在变幻莫测,何况是一只整日为孩子们提心吊胆、经验并不丰富的年轻的猎豹妈妈。艾莉娅来到三只嬉闹的小豹旁,一番"咕噜",小豹们静下来,随着她走向一片丛林。

艾莉娅需要抓紧时间捕食,为孩子们储存过冬的食物。对于第一次做母亲的艾莉娅来说,这一点,令人尊敬。

好不容易,艾莉娅发现了一匹落群的小角马,于是立即潜伏到草木中,向小角马接近。她的孩子们,亦步亦趋地跟着。

再有七八米,艾莉娅就可以出击了。但是,她的一个孩子,不知道是得到了什么错误的信息还是为了逞能,跳了出来。小角马撒腿就跑。艾莉娅的第二个错误发生了:对猎豹来说,这个距离不适合追击,但艾莉娅还是追了上去——她是不敢丧失这个来之不易的为孩子们储藏过冬能量的机会吗?

虽然出击过早,但猎豹无愧陆上的"速度之王",只短短几十秒,艾莉娅与小角马的距离就只剩下五六米了。毫无疑问,如果不是那只冒失的小豹,此时,这匹小角马的咽喉一定被艾莉娅紧紧地扼住。

　　"速度之王"猎豹有个致命的弱点：奔跑的耐力十分有限——造物主的确是公平的，如果不给猎豹这个弱点，很多食草动物就彻底丧失了活路。艾莉娅和小角马的距离在逐渐拉开，这时候，艾莉娅应该果断停止追击。但或许是深知这匹小角马对孩子们的意义吧，艾莉娅忍受着正在急剧上升的体温，拼命追击——这是她犯下的第三个错误。

　　小角马钻进一片丛林，不见了。艾莉娅瘫软在地上，大口喘息。她意识到自己的错误了吗？

　　狂风还在继续，草原仿佛猛然被蒙上了一层厚厚的黄纱。冬天莫非真的来了？

　　猎豹艾莉娅一定是这么想的！因为虽然她的体温还很高，体力还没有恢复到再一次发起追击的水平，但她还是带着孩子们再次寻找猎物了。对此，我们应该这样理解：她是一位有着强烈的忧患意识、希望孩子们早日成为出色猎手的爱子心切的母亲。但是她实在心太急，因为刚才的事实已经证明，她的孩子们还太小，不仅不能给她的捕猎以任何帮助，而且会给她制造意想不到的麻烦。但艾莉娅确实这样做了——很快，我们将知道这是她的第四个错误。

　　艾莉娅发现了一匹小斑马。这一次，孩子们都学乖了，直到母亲跃起他们才跑上去。或许是母爱的作用吧，艾莉娅的体力虽然尚未恢复，但速度还是那么快。五十米后，艾莉娅的前爪就触到了小斑马的屁股。再有几秒钟，艾莉娅必将扑倒小斑马。可就在这时，她的一个孩子，一个急于为母亲排忧解难的孩子，迎着小斑马，冲了过去。可爱的小猎豹哪里知道，这种迎面冲撞的行为是猎豹捕猎的大忌，因为猎豹最怕撞击，何况还是一只未成年的小猎豹？眼看小斑马就撞上了小豹，艾莉娅纵身一跃，落在小豹身前。与此同时，小斑马不受控制地撞上来，艾莉娅被撞出了几米远，滚在地上……

两天过去了，冬天并没有来，食草动物又遍布了草原。

艾莉娅应该感谢上帝，因为两天前小斑马的撞击并没有给她造成致命的伤，她的身体已有所恢复，但此时绝不能捕猎。可是，她的孩子们，忍不住饥饿的痛苦，围着她，哀叫着。

母爱，终于促使艾莉娅犯下第五个错误，也是她一生中的最后一个错误。

艾莉娅向一只年老体衰的雄羚羊发起了进攻。事实证明，艾莉娅选择这只羚羊没有错，因为她很快就扑上羚羊，并咬住他的颈椎。老羚羊没有倒下，带着艾莉娅在原地打转。艾莉娅需要尽快咬住猎物的咽喉，这一点本来对于她并不难，但伤病让她此时难以做到。艾莉娅被老羚羊带着转了十几圈后，松开嘴想咬向老羚羊的咽喉，但是，艾莉娅的体力实在不允许她这么做。她的嘴一松，老羚羊就猛一低头，再利角一挑。艾莉娅无力躲闪，腹部被挑穿。

艾莉娅一定意识到自己的错误了吧，但是，大自然从不给她改正错误的机会，哪怕是一个爱子心切的母亲！

一天后，艾莉娅死了，她的三个孩子也于当夜成了鬣狗的美餐。

金丝猴之死

我和阿流是野生动物保护协会的志愿者。去年冬天，大学同学李响给我打电话，说他当护林员的父亲病了，需要到医院看病，希望我们能接替他父亲的工作。我和阿流很高兴，因为我们早听说过，他父亲的那片林区里有一群可爱的金丝猴。

上山那天，天空阴暗，北风呼啸，大雪即将来临。进了山，才知道山里已经下了雪，白的山、白的树、白茫茫的天，混合在一起，给人梦一样的感觉。

在李响的带领下，我们顶风冒雪在山里转了一圈，看见了很多从没见过，更叫不上名字的鸟兽，可就是不见梦寐以求的金丝猴。问李响。李响笑了笑说："那些家伙可不好见，除非没了吃。"

第四天中午，我们正在小屋子里围着火盆聊天，就听见外面有什么响声。我和阿流急忙跑出去，好家伙，门前的空地上，蹲着一群金丝猴，浑身瑟缩着，丝毫没有印象中那种活泼调皮的猴相。它们金黄色的身上，覆盖着一层薄薄的白雪。脸上点缀着两只黑色小眼珠和两个没有鼻梁拱护的小鼻孔。此时此刻，这群小家伙虽然还不失可爱，但更多的是可怜。

或许是因为我和阿流这两张陌生面孔的缘故吧，见了我们，小家伙们纵身逃出了三四十米外，警惕地看着我们。李响拿出几个玉米棒子，揉下一把玉米粒，撒到空地上，"叽叽"地叫唤。小家伙们慢慢靠近,但仍然警惕地看着我和阿流,不敢吃。我和阿流笑着,也撒下玉米粒,又学着李响的叫声,还不停地向它们招着手。它们终于跳了过来,一过来就急切地争抢起食物。

十几个玉米棒子吃完了,李响又拿出几个苹果和香蕉,扔给几只年老和年少的金丝猴。几只半大的金丝猴见了,立即跑过来争抢。一只体型最大的母猴一声尖叫,半大的家伙们乖乖地松了手,继续在雪地里寻找玉米粒。

我叫李响再喂一点。李响却关了门,说:"够了,不能喂多。"我想说李响太小气,但一看房里的玉米棒子和水果所剩无几,只好作罢。

第二天上午,李响得到通知,他父亲需要到城里住院,让他快下山陪护。李响让我和阿流留在山上,自己立即下了山。

几天后的一个中午,大雪还在下,金丝猴们又来了。看上去,它们比上次更冷更饿,一个个抖成一团,可怜巴巴地看着我们。我和阿流赶紧给它们喂了十几个玉米棒子,又拿出水果扔给年老和年少的。那几只半大的家伙又过来争抢,那只母猴叫了几声都不起作用,就跳上去揪打它们。它们没办法,将抢到手的水果狠狠咬一口,才不情愿地丢下。

我和阿流于心不忍,又抱出十几个玉米棒子来喂。它们很快又吃完了,却仍然赖着不走。我和阿流一商议,索性让它们吃个够吧。

终于吃饱了,仿佛是报答我们,小家伙们当着我们的面,玩耍、打闹起来。

两天后,它们又来,我和阿流又给它们喂饱了。

房子里储存的食物没有了,我和阿流就到山下一个小市场买来食物。

此后,它们每隔两三天就来一次,每次我们都喂饱它们。看着它们越来越胖的身子,越来越活泼的身影,我们往山下买食物的脚步更勤快了。

清明节前,李响父亲的病好了,我们该离开了。那天,我和阿流买了两大袋面包和水果,给这群小东西举行了一顿豪华宴。看着它们最后拿着面包、水果相互投掷和打闹的时候,我和阿流才笑着依依不舍地下了山。

今年春节,我给李响打电话,说想再去看看那些金丝猴。不料李响一声长叹:"哪里还有金丝猴啊?"

"怎么了?发生了什么?"我惊问。

"还不是你和阿流做的好事!"李响不无责怪地说,"像人一样,金丝猴也有惰性。那两三个月里,你们喂饱它们了。它们以为从此就可以衣食无忧了,所以今年秋天一改往年采摘、储藏食物的习惯,只一味玩耍,打闹。入冬后,它们每天都来找我父亲要食物。我父亲呢,并不知道它们没有储存食物,仍然像以前那样,只是在十分寒冷的时候才给它们少许的食物。于是,它们都饿死了。"

"怎么会这样?"我对着电话喃喃地说,"敢情,我们对它们的好,是对它们的……"

"是对它们的伤害!"李响说,"记住了,不论对谁,过分的爱,就是伤害!"

绝对规则

非洲，骄阳似火。

平静的马拉河，鳄鱼们三三两两地聚集着，潜伏着，狙击手一般，睁着圆鼓鼓的眼睛，静静地等待着一年里最奢华的盛宴。

南岸，塞伦盖蒂大草原。一群角马，焦躁地啃食草根，每啃一口，就抬起头，四处张望，聆听，嗅闻——草根真的不好吃，哪儿已经长出青草了呢？忽然，一阵草香扑鼻而来，头马一声嘶鸣，奋蹄疾奔。群马也一阵嘶鸣，旋风般向北奔去。青草的气息越来越近，就在眼前了，马拉河却挡住了它们的去路。

角马们明白水里的危险，但抵抗不了对岸草香的诱惑。头马在河边徘徊了几趟，终于选定渡口，再一声鸣叫。于是，角马们立即向这边聚来。

鳄鱼们立即判断出角马群即将渡河的路径，潜入水底，神不知鬼不觉地游过来，但一个个又不敢忘了给猎物让开一条道——角马蹄坚体重，一旦被踩上，再厚的鳄鱼皮也会被踩出血窟窿。

头马又一声嘶叫，挥舞着一对锋利的角，箭一般跳进河里，向对岸冲去。一匹，两匹，无数匹，争相跳下，争相腾跃。黑压压一大片，像流动的蚁群，又像杀红了眼的战场。河水霎时一片浑浊。

鳄鱼依然静静地潜伏着，它们要等待最佳的出击时机。时机终于成熟，一只鳄鱼猛然射起，直射向一匹健壮的角马。受袭的角马纵身一跃，贴着鳄鱼的尖齿飞走了。与此同时，鳄鱼的大尾巴猛烈扫来，角马再次跃起，又逃过一劫。然而，角马万没有想到，就在它这一次腾空的刹那间，另一只更大的鳄鱼仿佛早已规划好了一切，腾空而起，咬住了它的一条后腿。角马一声惨叫，跌落水中。

角马虽然被紧紧地咬着，但并非致命。它拼命地左右奔突，上下跳跃，直折腾得咬着它的鳄鱼被动地翻转扭动。眼看这只鳄鱼招架不住了，最先发起攻击的那只鳄鱼又从水里跃起，稳、准、狠地咬住角马的脖子。两只鳄鱼同时发力，将角马死死地摁进水里。

一旁的角马群，谁也顾不上向这边看上一眼，只更加疯狂地向对岸逃去。

鳄鱼再次现出水面的时候，角马已经死了。稍稍喘息，两只鳄鱼一同将角马拖到浅水区。随后，小一点的那只鳄鱼咬着角马的脖子，沉入水底。另一只鳄鱼咬着角马的一条后腿，突然腾起，在空中飞快地翻转——上帝仿佛早就知道鳄鱼的凶猛，造物时虽然给了它们尖利的牙齿，却是槽生齿，让它们无法撕咬也不能咀嚼食物。它们只能靠相互配合扭断食物，再囫囵吞进。

意外发生在角马的腿即将被扭断的时候。水底的那只鳄鱼，大概是在刚刚的搏斗中用力过猛还没有完全恢复，或者是得到了什么错误的信息，也或者是思想正在开小差，总之，它突然毫无征兆地松开了嘴。可怜的那只正在水面上极力翻转的鳄鱼——它毫无思想准备，如一道黑色的闪电，划过天空，"啪"的一声巨响，重重地摔在河岸边嶙峋的石头上，接着，角马的尸身也重重地摔在它的身上。这只倒霉的鳄鱼，盛宴还没有开始，就一命呜呼。这是这个种族从没有发生过的事。

四周的鳄鱼不知道发生了什么，纷纷游过来。等它们明白了

全民微阅读系列

一切,静静地游走了。

水底里,那只刚刚犯了错误的鳄鱼,终于回过神来,爬上岸,咬着角马那条就要断裂的后腿,摆动着头,但角马的整个肉身也随之摆动。它根本扭不断。它又尝试着将角马整个吞下,也失败了。它只好将角马拖进河,拖向几只因为没有捕到食而在捕捞水里残渣碎肉的鳄鱼身旁——它愿意和任何一只鳄鱼分享美餐。可是,这些饥饿的鳄鱼看了看它,又看了看岸边刚刚摔死的鳄鱼,默默地游走了。它拖着角马又找了几只鳄鱼,结果却是出奇的一致。

现在,这只鳄鱼腹内空空,却只能眼巴巴地看着面前的猎物。一天,两天……直至那匹角马的尸体完全腐烂,它也没有吃上一口。其间,其他的鳄鱼,也没有谁来吃一口。

又一队角马渡河,鳄鱼们又一次联合出击。只有它,没有谁愿意与它合作,孤零零地在水里靠小鱼虾充饥。更重要的是,错过了这个强壮身体、补充能量的季节,不知道它还能不能度过即将到来的严冬。

母亲的智慧

秋后的草原,生机勃勃。莱西娜伏在高坡上,懒洋洋地看着两只幼崽在嬉闹。

莱西娜觉得有什么异样,站起身,警觉地四下张望。她看到了那只已经在这片领地边缘游荡、窥视了多天的雄狮,正向领地走来。领地的主人哈默，也威严地迎向了入侵者。

这是一场雄性间的较量。

莱西娜希望年轻的入侵者能战胜哈默，为它报仇。两年前，哈默像现在这只入侵者一样，在这片领地边缘游荡、窥视了多天后，冲进来，与老狮王一番惨烈的战斗后，成了胜利者。莱西娜和姐妹们迎上前，纷纷向哈默献殷勤。哪知这位新主子并不领情，高傲地走开，走到莱西娜身边那两只还不到半岁的幼崽前，扑上去，一口咬上一只，一甩头，往地上狠狠一砸，再双爪摁住，脖子一拉——可怜的幼崽，连叫都没叫一声，就成了血肉模糊的两截。莱西娜疯了一般的冲上去保护另一只幼崽，哈默一头将她撞得老远，接着故伎重演，将另一只幼崽撕成两截。那一夜，莱西娜肝肠欲断，站在高坡上声嘶力竭地呼唤了一夜。

后来，莱西娜虽然很快服从了哈默，并与他共同生育了两只幼崽，但莱西娜总是忘不掉那两个孩子。现在，哈默的对手终于来了，两个孩子的冤仇可以洗雪了。

战争开始了。令莱西娜意外的是，像当年哈默战胜老狮王一样，入侵者不费吹灰之力就打败了哈默。两年来不可一世的哈默，哀号着逃出了他的领地。动物世界也很虚伪：在雌性面前，雄性总是高高在上，殊不知，他们其实也不堪一击。

莱西娜带着激动的心情和姐妹们纷纷跑向新狮王约克。到了，莱西娜却发现，高傲的约克，眼里根本没有这群妻妾，他在四处张望，和当年哈默寻杀幼崽的情景一样。莱西娜明白了：雄性世界里，永远是自私和残忍，他们每每占领一个领地，都要来一番彻底的清洗，绝不容许自己的领地里有别的血脉在流淌。

约克向莱西娜两个孩子的方向走去。

莱西娜不知哪来的勇气，冲到约克面前，号叫着，阻止约克的

全民微阅读系列

前进。可是，约克根本不将她放在眼里，昂着头，冷漠着，绕过莱西娜，继续稳健地向前。莱西娜步步阻挡，步步后退，约克步步紧逼，步步上前。两只幼崽也仿佛意识到了危险，瑟缩地叫起来，后来竟然跑向他们的母亲——他们可怜的经验里，母亲是这个世界上最强大的守护神。

约克依然高傲着，冷漠着，紧盯着莱西娜身下的幼崽。就在约克纵身扑向一只幼崽的同时，莱西娜也扑过去，咬住了约克的鬣毛。可是，约克稍稍一摆头，莱西娜就被摔出了几步开外。莱西娜还没有爬起来，一只幼崽已被约克抓住。可怜的孩子，身子只抖动了几下，就静止了。约克又要捕杀另一只幼崽。莱西娜再一次冲过去，这一次，她咬住了约克的一只耳朵。约克被激怒了，怒吼一声，将莱西娜摔出老远。莱西娜还在努力地要爬起来，约克已经冲过来，掐住她的脖子，一只前腿摁住她的脊背。莱西娜动弹不得，连叫也叫不出——其他雄性面前可能不堪一击的约克，对付起莱西娜还是绰绰有余的。约克对着莱西娜的眼睛低吼几声，分明是警告她，然后又轻松地捕杀了莱西娜的另一只幼崽。

像第一次一样，莱西娜在高坡上哀号了一夜。第二天，当太阳从草原上升起的时候，莱西娜竟然又温顺地走向了新狮王约克。莱西娜不知道，她的悲伤永远敌不过她的生理本能。

又两年过去了。这一天，当又一只年轻的雄狮窥视着这片领地的时候，莱西娜眼前又滑过了前两次的遭遇。看着两只正在嬉闹的孩子，她不知道雄性间为什么永远是厮杀？厮杀为什么总是要伤及这些可怜而无辜的孩子？她更不知道怎样来避免这一切。

入侵者已一步步逼近约克。而约克呢，全然没了当年的气势，竟然在悄悄后退。眼看入侵者就要冲上来，莱西娜却突然冲向入侵者。只顾紧盯着约克的入侵者根本没料到会这样，还没待他反应过来,十几只雌狮也同时冲上去。约克也在一愣神后,大吼着扑上去……

入侵者带着累累伤痕,逃跑了。

凭着母亲的智慧,莱西娜的两个孩子保住了。

不放弃的鹅

那天中午,母亲叫我去喂鹅。

我端着一盆稻子来到鹅笼边,将鹅群放出来,又将稻子倒在一棵大树下,然后坐到另一棵树下,等着它们吃完后再关进笼里。

天很热,鹅们虽然很饿,但更渴,因此狼吞虎咽了几口稻子就开始三三两两地向百米外的池塘跑去。很快,刚刚还喧闹的大树下,只剩下一只身体比其他鹅都要瘦小的灰尾巴鹅,仍在急慌慌地吃着。我这才想起,刚才别的鹅都在埋头吃食时,就这只"灰尾巴"不太认真:左挤挤这个,右摆摆那个,头还不断地推着别的鹅。在它看来,这些稻子全是它的,别的鹅都不应该吃。现在,别的鹅都走了,稻子真的全成了它的,它才心满意足地开始吃起来。

天实在太热,"灰尾巴"还没吃上几口就受不了,赶紧啄上一口稻子,一边往池塘走,一边扭着脖子向后瞥着稻子和我。那样子,仿佛我也会抢食它的稻子。

我自然不会抢食它的稻子,但抢食者还真的就有。"灰尾巴"才走出二三十米,不知从哪儿跑出几只鸡,一窝蜂扑上来,强盗一般地啄起稻子。"灰尾巴"见了,"嘎"一声叫,快速转身,伸直长脖子,疯一般的来驱赶。鸡显然不是鹅的对手,"灰尾巴"的长脖子还没到,几只鸡就"咯咯咯"地跑开了。"灰尾巴"也没有追赶,只昂首挺胸地围着地上的稻子兜了一个圈子,再啄一口稻子,然后一边哽着脖子吞咽,一边慌忙地向池塘走去。"灰尾巴"依然没有放松警惕,边走眼睛边向后瞥,生怕那些鸡再来抢它的稻子。

"灰尾巴"的警惕没有错,它一走开,那几只鸡又跑过来。"灰尾巴"立即掉头,"嘎嘎嘎"大叫着又回来驱赶。鸡们学聪明了,不待"灰尾巴"来到近旁,又迅速跑开。"灰尾巴"仿佛有些生气,伸着长脖子将那只最后跑开的鸡追赶了几米远,才停下来,回到稻子边,像上次一样,耀武扬威地绕上一圈,又啄上一口稻子,边吞咽边向池塘跑去。

没有一丝风,空气仿佛随时都能燃烧起来。"灰尾巴"太热太渴了,一边跑一边抻着长长的脖子,吞咽了好几次才将嘴里的稻子咽进嗉囊里。"灰尾巴"的嘴里,大概连润喉的涎水都没有,可是它还是警惕地瞥着身后。

去喝水的鹅有的开始往回走了,"灰尾巴"似乎更焦急了,然而那几只强盗一般的鸡又来了。"灰尾巴"本能地掉过头,但没有立即来追赶,而是站在那里,高昂着头,大叫着,那意思分明是在警告那几只鸡。只是那几只鸡对此置若罔闻,不仅啄食着稻子,还用爪子肆无忌惮地抓刨起来。"灰尾巴"看不下去了,气喘吁吁地又追赶过来。

"灰尾巴"这次真的生气了,跟着一只鸡追赶了很远,直到那只鸡飞上一个墙头,它才不得不干叫几声,垂头丧气地跑回来。这次,"灰尾巴"没有绕着稻子兜圈子,也没有再啄一口稻子,而是急切地向池塘跑去。

　　"灰尾巴"刚跑出几步，就遇上一只喝水回来的鹅。"灰尾巴"急忙迎上前，拦住那只鹅。那只鹅并不和"灰尾巴"顶撞，只是绕过它，径直跑到大树下，大口大口地吃起来。"灰尾巴"瞥见了，似乎很不服气，也跑回来吃。

　　当"灰尾巴"将一口稻子吞了好几次也吞不下的时候，就跑过来阻挡那只大口大口吞咽稻子的鹅。可是任凭它怎么努力，那只鹅都照吃不误——"灰尾巴"的身体本来就最小，现在又如此饥渴劳累，当然阻挡不了。"灰尾巴"急得"嘎嘎嘎"地乱叫——它的叫声已微弱了许多。更要命的是，其他鹅也陆续回来了，一回来就大口大口地吃稻子。"灰尾巴"急得叫不出声，只是左边挡这只，右边阻那只，却一只也挡不了。

　　树上的知了在歇斯底里地叫着，"灰尾巴"也在歇斯底里地努力着。

　　终于，其他鹅吃光了稻子，一窝蜂地又向池塘跑去。"灰尾巴"筋疲力尽地在一片狼藉的地上左看右看，当它再也找不到一粒稻子的时候，才不情愿地蹒跚地向池塘走去。

　　母亲来的时候，我正在对着走两步就停三步的"灰尾巴"禁不住地笑。母亲也笑了，说我不该眼睁睁地让"灰尾巴"落到这种地步，"这只鹅最贪最下贱，总是把自己折腾成这样子。不然，别的鹅都那么大了，它怎么还这么瘦小呢。"母亲说着就抱起已经瘫在地上的"灰尾巴"，走向池塘……

愤怒的水牛

一阵春风吹来,大草原仿佛瞬间换上了绿装。

迎着春风,水牛克努巴一声哞叫。在这哞叫声里,克努巴脱尽了稚气和脆弱。现在,克努巴成了一头名副其实的健壮的公牛。他的身上,从头到尾,从内到外,每一个毛孔里,都充满了力量和冲动。他再也不需要在族群的保护下担惊受怕、受尽屈辱地活着。相反,作为一名男子汉,克努巴清楚,它现在有义务保护它的族群。

克努巴第一次从族群的中心走出来——两年多来,克努巴和他的小伙伴们一直在那里接受族群的庇护。走出十几米,克努巴站定,高昂着头,轻轻摆动他那对象征成熟、力量和尊严的犄角,威严的目光,探照灯一样,扫射四下,他要给一切胆敢冒犯、企图以他的族群为猎物的敌人以彻底的毁灭。可是,四下里,所有的动物都专注于吃草,除了那个狮群。

那个狮群,正屈膝折腰、蹑手蹑脚、鬼鬼祟祟、丑态十足地伏击一只麋鹿。克努巴不由地想笑:看似凶狠的家伙们,现在,也只能欺负这些小动物了,再不敢打自己的主意。克努巴又不由一阵心酸:这些可恶的狮子,仅仅在这春风到来之前,还无数次地入侵自己的族群,无数次要以自己为食——要不是族群的拼死相救,克努巴早已成了他们的排泄物。克努巴不由地愤怒起来。

愤怒的克努巴,竟然希望那个狮群再来打自己和自己族群的主意。

一阵追逐,狮群并没有捕到那只灵巧的麋鹿,却真的向自己走来。克努巴不由得一阵激动,摆摆头,明媚的春光下,他看到了自己那对镰刀一般的角,坚硬、锋利、有力。克努巴充满了战斗的渴望。

狮群越来越近。克努巴的头愈发抬高,屏气凝神。他不想发出任何响声以惊动他的族群,他要一鸣惊人,他要让他的族群在不知不觉中,他就将这群无知的敌人重创或消灭。

狮群又开始卖弄他们自诩经典其实丑陋的伏击动作了。丑陋的家伙们,自以为隐蔽得高明,却不知一切早已尽收克努巴眼底。克努巴四足蹬地,全身的力量,开始向脖颈、头颅、犄角暗暗运送。克努巴盯死了那只领头的狮子,只要他一上来,他的犄角就要插穿他的肚腹,再将他整个地挑向空中,摔向远处,摔得粉身碎骨。

狮群却停止伏击克努巴,转而向克努巴的族群。丑陋的家伙们,一定被自己的力量和气势给吓坏了,克努巴想着,就要迎上去。可那边,狮群已经摁倒了一头小牛犊。克努巴纵身冲去,镰刀一般的犄角猛然斜刺过去。克努巴刺空了,但狮群也放开了小牛犊,四下逃散。克努巴打了一个趔趄,站稳。还好,小牛犊艰难地爬了起来,身上却留下了好几道伤口,鲜血汨汨地往外流。克努巴突然想到了自己,两年里,好几次,克努巴就和这个可怜的小弟弟一样,被这群狮子撕咬得浑身是伤。克努巴大怒,冲出团团护住小牛犊的牛群,冲向一边已若无其事观看的狮群。

克努巴追赶的是那只头狮,克努巴颈部的伤疤就是他一年前留下的。头狮虽然拼命地逃跑,但还是眼看就要被克努巴追上。头狮惊惨的叫声,仿佛给克努巴注入了兴奋剂,再给一点时间,克努巴的犄角就可以挑上头狮了。面前却出现了一片灌木丛，头狮钻进去，不见了。克努巴不放弃，在灌木丛里愤怒地四蹄踩踏，犄角扫荡。

克努巴直喘粗气，但不停下，他只想将头狮找出来。一阵骚乱声传来，克努巴一看，狮群，包括那只头狮又在进攻自己的族群了。克努巴再次冲过去，他的步伐分明有了一份沉重。

狮群又一次逃开。克努巴又一次犄角抢空，双前肢跪地，两次发力才站了起来。克努巴看到刚刚受了伤的小弟弟身上又多了伤痕，伏在地上颤巍巍地爬不起来。克努巴更愤怒了，又一次冲向头狮。

头狮这次直接跑进灌木丛。克努巴几乎将灌木丛翻了遍，却毫无头狮身影。克努巴的头上、颈上、腹上、腿上，伤痕累累，但他毫不顾及。现在，他体内的每一丝血管都塞满了愤怒。

头狮竟然主动接近灌木丛。克努巴没有发觉，也没必要发觉，他依然疯一般向灌木丛发泄自己的愤怒。

又一只狮子走向灌木丛。

第三只、第四只……狮子越来越多，一起逼向灌木丛……

情况似乎在悄悄发生变化。这一点，从水牛群初始时向克努巴的哞叫声和最终离他而去的蹄声中能够听得出，从越来越多的狮子和狮子们的冷笑里能够看得出（如果狮子会冷笑的话）。唯独克努巴听不到，看不到。他只沉浸在愤怒里，虽然灌木丛与他并没有任何仇恨。

克努巴终于瘫软在地。

我们无法知道，克努巴在任由头狮扼住他咽喉的时候，他是否意识到愤怒真的是魔鬼？

麋鹿安亚尔

生活在美国黄石国家公园里的众多野生动物中,有灰狼和麋鹿这对冤家对头。

之所以说它们是冤家对头,是因为麋鹿从来都是灰狼的天然美味,但有时也是灰狼生命的终结者——为了捕杀麋鹿,很多灰狼死在麋鹿的角上。

安亚尔是一只未成年的雄性麋鹿,出生时它的母亲就死了,是黄石公园的志愿者将它养大的。上星期,志愿者觉得它可以在大自然里生活了,于是将它放出来,并有意识地让它跟着一只身材高大、名叫奥普特的成年雄性麋鹿一起生活。

这天傍晚,安亚尔和奥普特在红霞铺满水面的河边吃草,一只灰狼从不远处的草丛中悄悄靠近它们。安亚尔虽然人工养大,但天生的警惕性没有丝毫降低,它首先发现了敌情,一声惊叫,撒蹄就逃。奥普特也急忙抬起头,在作势要逃的同时又不由地向敌人的方向看了一眼。就这一眼,奥普特看清了来犯之敌,竟然收起脚步,停下,若无其事地继续啃草。

灰狼发现偷袭的阴谋败露后,就干脆明目张胆地跳出来,堂而皇之地追赶起来。灰狼原本要追捕安亚尔的,但见到奥普特停下后,就转而追向奥普特。可是,令这只年轻的灰狼没想到的是,就在它跑到奥普特近前要扑上去的时候,一直低头啃草的奥普特冷不防猛一扬头——奥普特那对树枝状的角,又准又狠地挑上了它的腹部。灰狼一声惨叫，奥普特再猛一低头，甩头，"啪"的一声，灰狼被摔到了十米开外。

奥普特看也没看灰狼一眼，继续低头吃它的草。灰狼在地上哀号着，挣扎了几下，不动了。这只也是由人工养大的狼，还不知道自己作为一只未成年狼根本就不是成年雄鹿的对手的常识，更不知道雄鹿奥普特在与灰狼长期的周旋过程中早已练就了"知己知彼，百战不殆"的能耐。

安亚尔一阵猛跑后，已经站到了百米外一个高坡上，它看到了这场短暂却惊心动魄的战斗。好一会儿，当安亚尔确定灰狼再不会对它构成威胁的时候，跑了回来。安亚尔首先来到灰狼旁边，昂首挺胸，跳着，叫着，再用它那对还没有完全长成的角，挑弄着敌人还在流血的尸体。然后，安亚尔又跑回奥普特身边，嘴贴着奥普特的嘴，发出欢快的叫声。它一定在把自己最美好的赞词献给它的英雄。

几天后，安亚尔和奥普特一起吃草时，又一只灰狼来了。安亚尔见了，虽然一开始还是本能地要逃跑，但当它发现到奥普特没有动的时候，就停了下来，站到奥普特身后。这是一只即将成年的雄性灰狼，在距离奥普特还有三四米的地方停下了脚步，张开大嘴，向着奥普特嚎叫。似乎，它意识到自己不是奥普特的对手，却又希望用这种方式战胜对手。奥普特呢？依然漫不经心地啃食着草，只偶尔抬起头，向灰狼摆一摆那对威风凛凛的树枝状的角，意思在说："你上来啊，试一试我的角啊。"

灰狼不再向奥普特示威了，转身想绕过奥普特去猎杀安亚尔。安亚尔很聪明，也不跑，只绕着奥普特，以奥普特为挡箭牌。灰狼很头疼，任凭它怎么努力，奥普特都像一座山一样，巍然矗立在它的面前，让它无法逾越。

如此僵持了近半个小时，奥普特不耐烦了，抢起它的角冲向灰狼。灰狼大骇，拖着尾巴，灰溜溜地逃跑了——它终于以这种不光彩的方式宣告自己不是奥普特的对手。

安亚尔对奥普特更加崇拜。

这天，奥普特又发现了又一只灰狼来袭，可是它没有像前两次那样继续吃草，而是一声惊叫，撒腿就跑，边跑还边向身旁的安亚尔发出急切的呼唤。安亚尔呢？在短暂的惊恐中跑出了几步，却突然停了下来——我们无法知道安亚尔当时的心理，难道它认为它的偶像奥普特是在和它做游戏？或者在教它什么本领？总之，安亚尔停了下来，像奥普特前两次那样，低下头继续吃草，又像奥普特那样，向着飞奔而来的灰狼——一只成年大灰狼，摆动着它的角，还没有成熟的角。

大灰狼仿佛被安亚尔的气势镇住了，不由地停下脚步。安亚尔又低头吃一口草，接着又扬起它的角，昂首挺胸，迎上大灰狼。

忽然，大灰狼一声嚎叫，扑向安亚尔……

可怜的安亚尔，至死大概也不知道：为什么，奥普特可以做的事，自己就不可以做呢？

母　子

十二岁那年冬天，我第一次见到持续时间这么长、威力这么大的雪。

那天傍晚，苍茫的天底下，"呼呼"的西北风，卷着片片雪花，漫山遍野地狂虐。我和爹埋伏了许久，要不是穿了厚厚的狼皮袄子，一定早就冻僵了。

天快黑的时候，不远处的树林里探出一个黄褐色的头颅，是一只狼。它警惕地向四下探望，一会儿，又退了回去。少顷，那只狼探出身，再一次确认安全后，低低地叫一声。于是，一只比猫大不了多少的小狼崽，走了出来。

迎着西北风，瘦骨嶙峋的母狼依然不时地向四周警惕地张望。它走上一块高地，踮起两条后腿，向着漫天飞雪的山野，发出几声低沉、嘶哑又哀伤的嚎叫。它希望得到公狼的回应，但茫茫天地，除了风声，什么也没有。当然没有，它的公狼前天已被我和爹猎杀了。

母狼绝望地低下头，走下高地，伸出舌头，在瑟缩的小狼崽身上舔了又舔。小狼崽并不领情，钻进母狼腿下，吸奶。母狼干瘪的乳房一定是没有了点滴乳汁，小狼崽立即跑出来，两只前爪在母狼脸上愤怒地抓挠，发出饥饿的"唧唧"声。母狼低着头，一动不动，像个屡次犯错的孩子，任由小狼崽向自己发泄怨恨。

母狼带着小狼崽向这边走来，浑然不知危险正在一步步逼近。

枪声响起的一刹那，母狼纵身跃到小狼崽身上，下蹲，四肢抱起小狼崽，就地翻滚。又一声枪响，小狼崽滚落下来，母狼却随着一声长长的哀号滚下山崖。

爹跑过去一看，崖下黑洞洞一片。爹拍着屁股，懊恼地说："到手的猎物又飞了！"

小狼崽早已吓得不知所措，或许，它的父母还没来得及教给它逃生的本领，就将它孤零零地丢弃在这个世界上了。爹端起枪，瞄准。我忽然捂住枪口，大叫："爹，别开枪……"

小狼崽很瘦弱,在我怀里"唧唧"地叫着,小舌头到处舔舐。爹说:"狼崽子的肉可有营养,回去烧了,你好好吃两顿。"

"不吃!小狼崽没了娘,我要养着它。"我坚定地说。

我为小狼崽取了个名字,叫好兽。

春风吹进山林的时候,好兽的身子壮实起来,很快就长到一条狗那么大。我和爹在山上放羊,它要么伴随左右,要么和羊群嬉闹。夜晚,好兽睡在院门口,像一条无比忠实的狗,看护着院里的一切。

又到大雪封山的时候了,好兽长到了一头小牛那么大。这一年,村里的羊常常被狼叼走,唯有我家,散放在院里的羊,一只也不曾少。这当然是好兽的功劳。

那是大雪足足有一尺深的深夜,爹睡熟了,我躺在床上,又思念起门前土坟里那个只留给我模糊影子的人,眼泪竟不知不觉地流了出来。好兽蹲在我的床头,像是看出了我的心事,幽幽的眼里也似乎有液体在涌动,还不时地用舌头舔舐我的脸颊。

忽然,山林里传来几声狼嚎。好兽一激灵,两眼立即放出光芒,竖直两耳仔细地听。又一声狼嚎传来。好兽忽地站起,紧跟一声长嚎,蹿出门去。我知道,好兽又去追赶野狼了。

就在我和爹为好兽的安全担心的时候,好兽拖着疲惫的身子回来了,它一定是刚刚经历了一场搏斗。

这天夜里,我家头一次少了一只羊。爹骂道:"狡猾的狼,一定是昨夜好兽追赶野狼时,其他狼趁机叼走的。"好兽伏在一旁,低着头,双眼里满是忧郁。它是在自责自己的失职吗?

接下来,我家的羊隔三岔五就少。爹只得将羊关在家里,但奇怪的是,羊还是照样少。村里人都说是好兽干的。我和爹坚决否认,因为家里从没有丝毫撕食的痕迹。再说,好兽近来更讨人疼了,总是在我身边蹭来蹭去。它怎么会干这种事呢?

我和爹决定弄个明白。

晚上,我和爹埋伏在屋外。半夜,就听木板门"吱呀"一声,爹凑过窗子一看,好兽两只前腿正在熟练地开着门。少倾,门开了,好兽并没有出来,只从门缝里丢出一只羊,就立即缩回身,再关门。与此同时,蹿出一个黑影,叼起那只惊魂未定的羊就跑!

"狼!"爹大叫。手电光照去,只见一只母狼,一瘸一拐地跑向山林。

爹愣在那儿,忘记了手中的枪。等爹明白过来,端着枪就向屋里冲去。爹还没到门口,木门"咣当"一声响,好兽蹿了出来。好兽一个飞身,撞落了爹手中的枪,又向我冲来。我早已傻了眼。我想完了,野兽什么时候都改不了本性……

忽然,只听"扑通"一声,好兽伏在我面前——不,它分明是跪着——闭上眼,头颅狠狠地在地上一磕,再磕,三磕! 接着,一声凄厉的长嚎后,好兽消失在茫茫的山林里。

爹惊魂未定,喃喃地说:"母狼,是……是好兽的娘。"

我的眼泪簌簌而下,扑上门前那座土坟,哭叫着:"娘,我也想你了……"

爬树的狮子

惨烈的旱季,在塞伦盖蒂草原上至少持续了八个月。

雌狮萨吉莉和姐妹们十多天没有进食了,它们的腹壁宛若两张薄薄的纸，似乎就要黏连到一起，身上更是出现了大大小小的黑斑。黑斑，预示着它们的生命已到了最危险的时刻。雨季如果再拖上几天不来，它们将必死无疑。

萨吉莉和姐妹们游荡在如火的草原上，一个个都保持着高度的警惕，哪怕是细微的风吹草动，它们也会立即做出捕猎的准备。然而，一次次的追捕，换来的却是一次次的失望和更加的饥饿。

往日那成群结队的食草动物，现在，都哪里去了？

饥饿和绝望中，萨吉莉和姐妹们又迎来了一个新的日出。可太阳一出来，草原就仿佛起了火，而且，风也死了。草原，是火的世界，死亡的世界。

临近中午，一只兔子出现了，萨吉莉和姐妹们立刻追上去，但落了空。造物主的公平在于：她赋予狮子们以捕食食草动物的权利，却又赋予兔子们任何时候都有草（或枯草、草根）可吃的优越。如此，饿肚子的狮子追捕饱食的兔子，当然是徒劳。后来，它们还追击过一匹斑马、一只瞪羚，同样以失败告终。

她们继续在草原上游荡，身上的斑点仿佛更多更大了。死神，离她们更近了。姐妹们有的开始虚脱，躺在地上，大口大口地喘气，无力起来，也不愿起来。萨吉莉走过去，叫着，拍打着，将她们一个个叫起。作为首领，萨吉莉不能让姐妹们这样等死。

当不远处那只被她们打劫过无数次的猎豹抓住一只黑斑羚的时候，萨吉莉和姐妹们像突然打了鸡血，箭一般地飞过去。眼看就要追上了，猎豹却将猎物拖上了树。造物主的公平还在于：对待这两种"大猫"，她赋予了狮子比豹子大得多的形体和力量，但将爬树的技能给予了豹子。

萨吉莉最先跑到树下，她天生的基因决定了她目前还是姐妹们当中身体最好的。黑斑羚的一只后腿从树上悬下来，萨吉莉拼命地跳起，试图将猎物拉下。一次，两次，无数次，萨吉莉总是差那么一点点。姐妹们也一次次跳起来，但全部是徒劳。终于，她们放弃了跳跃，一个个昂着头，舔着干涩的嘴巴，黯然神伤地看着猎豹在树上悠然自得地享受美味。

黑斑羚还带着体温的血滴下来。姐妹们踮起后腿，昂着头，大张着嘴，激烈地争抢着。大概是黑斑羚的血激起了体内的某种基因吧，萨吉莉走出狮群，纵身向树上爬去。萨吉莉毕竟没有爬树的技能，平时敏捷的身子此时却尽显笨拙，平时的蛮横霸道此时却极尽小心。她只得凭借它的利爪，紧紧地插进树皮里，一步，两步……萨吉莉爬到了三米高的地方。猎豹忽然一声吼叫。萨吉莉毫无防备，身体一抖，摔了下来。

零星的黑云从天边飘来，阳光有了星星点点的黑洞，空气却更加闷热。雨季，就要来了！然而，萨吉莉，尤其她的姐妹们，能熬过这一两天吗？

姐妹们还在激烈争抢着那点滴的黑斑羚的血，萨吉莉却又一次向树上爬去。这一次，她不再为猎豹的吼叫所惧，小心翼翼，紧盯猎物，一步一步地往上爬。猎物越来越近，再有两步、一步，萨吉莉的冒险就有回报了。然而，猎豹仿佛在故意挑弄萨吉莉，就在萨吉莉的爪子要挨上黑斑羚的时候，猎豹叼着猎物爬上了更高的树枝。萨吉莉不放弃，继续爬。

猎豹终于无路可逃，一紧张，黑斑羚从嘴里掉下来了。

萨吉莉大喜，就要下树。可是，她真的不该违背造物主的意志——上山容易下山难，对狮子来说，上树难下树更难。萨吉莉在树上连转个身都不知所措，只得向树下的姐妹们大叫。她是在向姐妹们求援，但姐妹们正在抢夺黑斑羚，谁也顾不上她。

天渐渐地黑下来。萨吉莉依然紧抱树枝，双眼大睁，惊恐而无助，除了哀号，一动不能动。姐妹们啃光了黑斑羚最后一丝肉（她们至少能够再挺过两天），这才想起树上的萨吉莉，可是除了对她叫几声，什么也做不了。

第三天清早，塞伦盖蒂草原在一夜暴雨的洗礼下，焕然一新。野牛、角马、斑马、黑斑羚，仿佛一下子从地底下冒出来，遍地都是。萨吉莉的姐妹们，气定神闲地伏在那棵树下，懒洋洋地舔着嘴角——她们的肚子全部饱饱的。

只有萨吉莉——为了姐妹们的生命而不顾自身安全、宁肯违背规律的萨吉莉，还在树上：双前肢紧抱树枝，脑袋夹在树丫间，早已僵硬了。

双牛王

午后，牛群正在山坡上悠闲地吃草，两个狮群同时从两侧袭击两头牛犊。牛王秃尾和牛王剪刀角立即兵分两路，冲上去解救牛犊。奇怪的是，狮群并不像以前那样恨不得一口咬死牛犊，而是分别围堵着两头牛犊，向山坡南、北两个方向跑去。

单说南侧的牛王秃尾，等它追上去，狮群立马放开牛犊，一窝蜂围上它。秃尾并不在意，这种阵势它已经经历多次，它完全可以凭一己之力冲出去，何况牛王剪刀角很快就能赶来策应它。可是它错了，它等来的不是剪刀角，而是北侧的狮群——这个狮群只在北侧留下一只健壮的狮子缠住另一头牛犊以拖住剪刀角，其他的，都赶来对付牛王秃尾。

这两个狮群觊觎、进攻这个庞大的北美野牛家族已经一年多了，但除了白白牺牲了几只狮子外，一次也没有得手过，原因是野牛家族有秃尾和剪刀角这两个精诚合作的牛王。痛定思痛，狮子们明白了，要想将野牛家族变成它们取之不尽的粮仓，必须先灭掉双牛王中的一个。因此，今天这两个从来各自为政的狮群首次联合作战，将目标锁定为牛王秃尾。

天黑透了，秃尾的体力渐渐不支——它从来没有独自应对过两个狮群，如果剪刀角再赶不来，它必将成为狮子的美餐。

剪刀角终于来了，它是在挑死北侧那只一直纠缠着那头牛犊的狮子后马不停蹄奔过来的。它抢起锋利的角，猛地挑上一只正要扼住秃尾咽喉的雄狮的肚子，往空中一抛。"啪！"雄狮落到地上，哀号着，挣扎几下，死了。

狮子们大骇，四散逃开。它们一次性牺牲了两只健壮的狮子，但双牛王还是双牛王。

狮子们不甘心，几天后故伎重演，围攻剪刀角，但在双牛王面前，它们又白白牺牲了两只狮子。双牛王和它们的家族，依旧固若金汤。

大概是信服了自己不是双牛王的对手吧，此后，两个狮群一反常态，只在牛群周围捕杀角马、斑马、斑羚，仿佛压根儿就忘了野牛更美味。起初，双牛王并未意识到这一点，一有狮子接近，它们就立即冲上，瞪眼，抢角。那架势，谁再敢向前一步，就挑死你。谁知狮子们竟纷纷伏在它们面前，大有俯首称臣的意味。时间一长，双牛王渐渐放松了警惕。

狮子们开始走进牛群，依然毫无恶意。或许是吃定了狮子们不敢怎么样，也或许是牛性中天然的忠厚基因起了作用，双牛王毫不理睬狮子们，任它们来去自由。这两个天生为敌的种群，破天荒地达成了某种和谐。

这天中午，草原上太阳正烈，野牛家族吃饱喝足后，躺在树荫下倒嚼。一只年轻的雄狮拖着粗壮的尾巴，懒洋洋地走进牛群，随意地往并排而卧的双牛王身后一卧，眯起眼，静静地享受起难得的阴凉。双牛王看都没看它一眼，继续自己的反刍。

忽然，睡意蒙眬的牛王秃尾的屁股上挨了谁一尾巴，很狠。秃尾本能地回头看向身后的雄狮。雄狮静静地伏着，闭着眼，粗壮的尾巴死蛇一般，一动不动地瘫在地上。秃尾又看向身旁的牛王剪刀角。剪刀角那条更粗壮的尾巴，正不停地抽打身上的苍蝇。秃尾瞪一眼剪刀角。剪刀角毫不领会，继续悠闲地反刍。天太热了，秃尾虽然有些不高兴，但没有再追究。

秃尾的眼睛刚眯起来，屁股上又挨了一抽，更狠。秃尾猛地抬头，见剪刀角还是若无其事地反刍，它生气了，抡起自己的尾巴抽向剪刀角——它忘了自己的尾巴是秃的，根本就抽不上剪刀角。秃尾或许想到了剪刀角在欺负自己尾巴短吧，愈发生气，怒视剪刀角。剪刀角呢？依然没心没肺、若无其事的样子。

"啪！"又一尾巴抽来。疼痛，使秃尾猛地站起，抡起角就给剪刀角一下。剪刀角大惊，睁开眼莫名其妙地看着秃尾。秃尾又狠狠给它一角。剪刀角大怒，跳起，抡角攻上去……

双牛王的战斗异常激烈。

傍晚时分，随着两声轰然倒塌的声音，双牛王瘫倒于地，再也无力战斗了。一直一旁嬉闹的两个狮群停下来，慢悠悠地走向它们梦寐以求的美味。

双牛王到死也不明白它们打起来的真正原因，除了当时它们身后的那只有着粗壮尾巴的年轻雄狮。

跳羚达亚塔

清晨,跳羚达亚塔啃一口鲜草,摇几下尾巴,再跳几跳。达亚塔仿佛在向那些正对他虎视眈眈、望眼欲穿、垂涎三尺的狮子、豹子们炫耀。

达亚塔停下嬉闹,微昂起头,侧目,倾耳,似乎在看什么,听什么,神情淡淡,十分随意,甚至还带着几分轻视和讥笑。

达亚塔其实早已发现了敌人:一只狮子,就在左前方那片茂密的草丛里,卑躬屈膝,缩头夹尾,咬牙贴耳,屏气凝神,鬼鬼祟祟,贼眉鼠眼地爬向自己。不仅如此,达亚塔还知道,这四周,此时,像这只狮子一样,正在丑陋表演的,至少还有两只狮子。达亚塔微微转头,一瞥,不是两只,而是七只。达亚塔静静地立在原地,轻轻地打个响鼻,悠悠地摇几下尾巴,啃几口草。

达亚塔当然不把这些狮子放在眼里。

达亚塔的自信来自于他种族与生俱来的基因:跳羚是全球一百三十多种羚羊中最擅长跑跳的一种,一跳能远达四米。就连刚生下的小跳羚,只需两三分钟,哪怕身上还包裹着胎衣,也能一跃三米。这确实令狮子、豹子们望尘莫及,但他们又实在无法抵御跳羚特别鲜美的肉,因此常常碰运气似的进攻跳羚,结果当然是费煞了心思、耗尽了力气,也一无所获。自古以来,除了衰老、疾病和极偶然因素,跳羚几乎没有成为大型食肉动物的美味。

或许,达亚塔觉得应该让这些滑稽的敌人出场了。他一声惊叫,一个跳跃。立即,狮子们同时大惊,同时跃出。再看达亚塔,脊背弓起,四肢下伸,并拢,一弹,一跃,秀顾的身体在空中划出一道优美的弧线,就落到了四米开外。狮子们来不及转弯,摔倒一片,又慌乱爬起,追去。达亚塔又一弹一跃,就到了他早已选定的一片浅草区。

浅草区,达亚塔在又一次跃到空中的时候,看到了一只狮子,一只或许刚刚从别处赶来、还没来得及潜伏到深草里的狮子。这只狮子所在的位置,正是达亚塔早已选定的即将落脚的地方。这怪达亚塔太大意,刚才选定逃跑路线时,他根本没有看向这片浅草区,因为在他的经验里,这里绝不会有敌人。达亚塔一定很吃惊,但也仅仅是几十分之一秒的吃惊,身子就稍稍改变了方向,于是落点也发生了一点点改变——达亚塔准确地落在那只狮子的脊背上。倒霉的家伙,大概正想着守株待兔的故事吧,不想四只坚硬的蹄子从天而降,他一身哀叫,翻滚在地上。

达亚塔来到一个高坡上,"咩"地叫着,打着响鼻,摇着尾巴,啃着青草,依旧气定神闲。那边,七只狮子已停止了追击,围在那只翻滚于地的倒霉蛋身边,或是安慰,或是嘲笑。

达亚塔看到了一条蛇,两米左右,昂着头,摇着尾,吐着信子,看着自己,似乎不是很友好。达亚塔赶紧跳出几米之外。

蛇并没有敌意,只是捕食了几只小昆虫,接着旁若无人地在草地上伸直,盘曲,甩尾,游蹿,翻滚,腾跃。蛇在做游戏给达亚塔看呢。

达亚塔似乎被吸引住了,不由得走近几步。蛇立即显出友好的样子,尖尾巴轻轻触碰达亚塔的腿,痒酥酥、麻溜溜的。达亚塔一定觉得很好玩,走过去,用蹄子轻轻拨弄蛇。蛇更加兴奋了,和达亚塔戏耍起来。

全民微阅读系列

蛇先是围着达亚塔的四条腿炫耀本领，后来顺着达亚塔的腿，爬上达亚塔的背，做起了"高难度动作"。达亚塔侧着头，咧着嘴，眯着眼，享受着它从未有过的美妙感觉。

不一会儿，蛇爬到了达亚塔细柔的脖颈上。达亚塔努力歪过头，想看看他这位可爱的小朋友在耍什么花样。达亚塔看不见，却感觉得到，他的朋友正将那绳子一样的身子绕在他的脖子上。达亚塔一动不动，静静的，脸上写满了享受和期待："我的可爱的朋友，一定有更拿手的好戏吧。"

达亚塔一高兴，就想吃草，这才发现那条绳子让脖子有些不自在。稍一愣神，那条绳子就紧了起来。达亚塔"咩"一声，大概是告诉他的朋友："轻点，轻一点，我不舒服啦。"那条绳子却越来越紧，紧得达亚塔的呼吸都紧张了。达亚塔想大声告诉它的朋友："喂，不要这么玩……"可是他叫不出声来。

达亚塔分明意识到了什么，猛烈地大跳，拼命地摆头，直至在地上疯狂地翻滚，但那条绳子还在不断地收紧，收紧，再收紧……

达亚塔死了。他怒瞪的双眼里一定有着太多的不解和不服：强大的豺狼虎豹都无奈我何，这细小的蛇怎么就要了我的命？

小麻雀

我向来对麻雀没什么好感。

小时候，冬天的清晨，大雪纷纷，我蜷缩在暖和的被窝里，贪婪地做着关于白米饭、白面馍的美梦，但头顶上"叽叽喳喳"的噪音,粗暴地把我拖回到忍饥挨饿的现实中。夏天,正是小伙伴们玩耍的黄金时期,那些灭不掉的麻雀总是不依不饶地飞到稻场上,啄食晾晒的稻谷。母亲命令我守在稻场边,不许离开半步,撵麻雀。这些东西,总是黑压压地来,一窝蜂地上。我只得拍着屁股,不停地叫,不停地跑,但撵了这边,它们又飞到那边。常常,我的双腿都跑酸了,但稻子还是被它们吃掉不少,脸上因此时不时留下母亲的巴掌印。

总之,童年的记忆里,家乡那总是黑压压来又黑压压去、灰不溜秋的丑陋的麻雀,除了给我无尽的烦恼和厌恶,实在没有丝毫让我好感的理由。

后来,我跳出了农村,来到城市里。像很多城市人一样,我渐渐地有了城市人的品位,我开始养鸟了。可爱的小鸟儿,只要你给它哪怕一点儿可以吃的东西,它们就会尽情地为你表演你所希望的节目来。这时,不论你在外面遭受了什么,全都烟消云散。你心头涌起的,一定是"美"这个字!

忽然有一天,女儿从幼儿园回来,大老远就夸张地向我炫耀着什么。我想女儿一定是戴上了老师奖给她的小红花,或者老师让她当了一回分发饼干的值日生。

女儿飞奔到我身边,告诉我小朋友送了她一只美丽的鸟儿,她从此也可以养鸟了。我为女儿有了和我同样的趣味着实感动了一下,就急忙来看她的鸟儿。女儿捧着她的鸟儿凑到我眼前,低声地问:"爸爸,我的鸟儿叫什么名字?"

我一看,灰褐的身子,灰黄的头颅,灰色的喙,眯缝着两只浑浊的死鱼似的小眼睛——原来是一只麻雀!

"怎么是这个东西?丢掉,赶快丢掉!"我厌恶地说,"宝宝,这是一种令人厌烦的鸟,它不会给你带来任何快乐。"

女儿急忙推开我的手,歪着小脑袋端详了小麻雀好半天,说:"爸爸你不懂,你看我的鸟儿多么好看,我从没见过这么好看的鸟儿。"

我为女儿的低级审美情趣而生气,大声地说:"爸爸老家这样的鸟多的是,爸爸小时候没少受它的窝囊气,爸爸一想到它们就希望它们能早一天灭绝……"

女儿急忙捂住我的嘴,不让我再说下去——她固执地认为她的小麻雀是最美丽的鸟儿,爱抚有加,逗过来逗过去,还不许我触碰一下。然而,这个灰东西却不领女儿的情,缩着灰脑袋,闭着死鱼眼睛,看也不肯看一眼深爱它的小主人。女儿想了想,似有所悟地说:"爸爸,我的鸟儿一定是饿了,饿糊涂了。"

女儿把我平时舍不得用的最昂贵的鸟食拿出来,小心翼翼地送到小麻雀嘴边。那个灰东西依然毫不领情,依然顽固地缩着它的灰脑袋,两只死鱼样的小眼睛依然紧紧地闭着。

"宝宝,别折腾了,这种东西是绝无灵性的,绝不能给你带来丝毫乐趣的。"我认真地劝女儿,"赶快丢了吧,越早越好,越远越好。"

女儿歪着个小脑袋反驳我:"小麻雀害羞,当着我们的面不好意思吃呢。"

第二天早晨,女儿泪眼汪汪地问我:"爸爸,小麻雀怎么还不吃?"

"那东西一定在没有人的时候,偷着吃饱了。"我告诉女儿,语气很坚定,"这东西很贱,最贱,从来不光明磊落,从来偏要偷偷摸摸地做贼。爸爸小时候见的可多啦。"

下午,女儿从幼儿园回来时,脸上挂满了泪花。我问她怎么了。她说她问了老师,老师告诉她,麻雀是养不活的,因为麻雀是最有尊严的鸟儿，一旦失去了自由就绝食，直至咬舌自尽。女儿边说边去取她的笼子，说要赶快放了她的鸟儿。女儿刚到她的笼子边就大声哭起来——她的小麻雀死了。

我跑过去，接过女儿小手捧着的小麻雀，轻轻掰开它的嘴：本该黄白的舌条已是一片暗红的血痂，小巧的舌头只残留了半片……

我的心跳突然加快，脸也突然红起来。我无法回答女儿正在追问的"什么是尊严"的问题，因为最近单位里一个小得不能再小的职务，让我正在乐此不疲地上蹿下跳，跑啊送啊——我早忘却了什么是尊严！

小雄豹之死

刘阿姨的动物园两周前收养了两只野生小豹，一雄一雌。刚进园时，两个小家伙都圆乎乎的一身肉，黑黄相间的毛更是软和诱人。它们整天在园子里爬上爬下，追逐嬉戏，活泼极了，可爱极了。

但刘阿姨很快发现那只小雄豹很不讲卫生，每次休息前，都要在门口撒泡尿。刘阿姨爱这两个小家伙如自己的孩子，她知道尿液滋生的有害细菌对它们身体很有害，把小雄豹驯了多次。但小家伙仿佛故意与刘阿姨作对，你刚刚驯了它，一转身，它照做不误。刘阿姨没办法，只得一次次抱着水龙头，将小雄豹撒下的尿冲掉。

可是,这只淘气的小雄豹分明将刘阿姨视为敌人,一看到自己的尿被冲掉,又马上跑过去。即使没了尿,憋也要憋出一些来,直到又在原地画出一条和原来差不多一样的"线",才心安情定地走到小雌豹身边,亲密地睡去。

就这样,一个撒了,另一个就冲;一个再撒,另一个再冲。很是有趣。

可能是太调皮的原因吧,小雄豹的身体渐渐地瘦弱了,皮毛不仅失去了光泽,还揪成了一团一团的,更失去了进园时的那种活泼可爱劲。尤其这两天,它的身体已极度虚弱,但还是强撑着倚靠在门框上,往往要花上半个小时,才能用断断续续的尿画出那条"线"来。

今天下午,这只小雄豹在调动了全身所有的力气和水分画出那条"线"后,身体就永远地横在了那条线上——死了!

晚饭桌上,刘阿姨悲伤地将这件事告诉丈夫,她不明白小雄豹的死因。

一旁正吃饭的儿子听了,吃惊地说:"妈妈,你怎么能这样对待小豹儿?"

"不关你的事,做你的作业去!"刘阿姨命令儿子,"下个月就期末考试了,这次一定要夺回第一名!"

儿子立即像霜打的茄子,将筷子往桌上重重一放,又把饭碗狠狠一推,嘴里嘟囔了几句什么,转身坐到沙发上,捧起课本。

刘阿姨见儿子对自己这个态度,眼圈一下子红了,刚想说什么,丈夫赶紧打圆场说:"哎,那只小雄豹怎么死的? 你这个老饲养员是怎么搞的?"

"我怎么知道!"刘阿姨又自言自语地说,"哎! 都怪我。可是,我照料得还不周到吗? 我哪儿照料得不周到呢?"

"哼,就是因为你太周到了!"儿子坐在沙发上,冷冷地说,"小豹儿就是死在你的手里! 死在你温柔的爱里!"

"胡说,它怎么会死在爱里?"丈夫生气地对儿子说。刘阿姨更是气得眼泪都下来了。

"哼,还优秀饲养员呢!"儿子来了劲,"天然的野外生活,使野生动物都有领地的概念,特别是雄性! 领地,是它们与生俱来的意识!"

"领地? 什么叫领地?"刘阿姨不解。

"领地就是某些动物猎食、休息、求偶、交配、育崽的固定场所。在诸多动物中,豹子的领地意识非常强,它的领地里,决不许其他同类或非同类动物侵入一步。"

"我那个园里,哪来什么其他同类和非同类?"刘阿姨打断儿子的话,"除了我一个人,其他人也没有一个进去过。"

"为了明确领地范围,豹子用自己的尿液来做标记。"儿子说。

"胡扯! 你胡扯!"刘阿姨指着儿子,"你在嘲笑妈妈没文化。"

"那只小雄豹每次睡前撒尿,其实就是在向动物们宣示这是它的领地,警告其他动物不得侵入它的领地。"儿子的语调有些伤感,"而妈妈你,却总是把它给冲刷掉,这就使得小雄豹的心中总是充满恐惧和不安。为了自己和身旁小雌豹的安全,它不得调动全身的器官,一次又一次,撒尿撒尿再撒尿,做标记再做标记。恐惧,使它心神憔悴;过度排尿,又使它严重脱水。如此,小雄豹怎能不死?"

"你说的是真的吗? 我怎么不知道?"刘阿姨颤抖地问儿子。

"这是常识啊,妈妈。"儿子一声长叹,"可怜的小雄豹,死于它不该死去的方式,死于它不该死去的季节!"

刘阿姨的眼圈红了,一句话也说不出。

"妈妈,我知道你是深爱着这只小豹儿的,但是你的爱是盲目的,错误的,有害的!"儿子委屈地说,"妈妈,你明白吗?只知道一味地去爱一个人,而不知道怎样去了解他、怎样去爱他。这样的爱,其实是另一种的摧残,另一种杀害!"

诱　狼

大雪整整下了一个月,一停下,猎人就迫不及待地来到树林里,等待那只母狼。

太阳就要落山了,母狼还没有来。莫非它不会来了?猎人思忖着,不可能,即使它能忍得住饥饿,它的两只幼狼也绝对是忍不住的。

就在猎人的耐心将尽的时候,树林里伸出一个灰褐色的头颅,猎人一眼就认出是那只母狼。它四下里一番张望,大概是认为没有了危险才慢慢地走出来。血腥的记忆让它不得不这么做,这个冬天,它家族的七只成年狼,除了它,都成了猎人的盘中餐和口袋里的钞票。

看着母狼明显消瘦的身子,猎人的心很疼,既为那白白流失的肉,更为那宝贵的皮——瘦狼的皮易脱毛、没看相,卖不上好价钱。

母狼已到了射程之内,但猎人不能开枪,因为一枪下去,至少要在它的身上留下一个窟窿,那样的皮更卖不上好价钱。

母狼突然停下脚步,昂头,嗅鼻。它似乎嗅到了猎物的味道,一只被猎人折断了腿的兔子。然而,不知是饥饿和胆怯使它的嗅觉失灵还是兔子的生命气息越来越弱的缘故,它又失望地低下头,意欲走开。好在那只兔子发现了它,本能地发出恐惧的叫声。母狼一看,冲过去,两只前爪摁住兔子,张开了嘴……

猎人激动极了,只要它咬一口兔子,他就成功了——兔子身上被抹了毒药。可是,就在母狼大张的嘴即将挨上兔子的一刹那,却突然丢下兔子,飞速地跑进树林里。

可恶的畜生,竟然识破了计谋。猎人很懊恼,一定是一个月前死于同样计谋的公狼的遭遇,唤起了它痛苦的记忆。

猎人必须筹划新的计谋,他不相信凭他的智慧战胜不了狼。

三天后,当那只母狼又出现时,猎人的心一阵剧痛——它更加消瘦了。母狼虽然还是很警惕,但踉跄的步伐里明显多出了急躁。猎人知道,为了幼狼,它今天必须找到食物,它体下被幼狼抓咬得血肉模糊的乳头就是明证。

这次,猎人为母狼准备的是它的"公狼"——猎人将那只公狼的皮囊塞满了海绵,固定在一个做了伪饰的陷阱上。

发现"公狼"时,母狼稍一吃惊就跑了上去。为了避免它发现破绽,猎人摁一下手里的遥控器,"公狼"发出一声狼叫声。猎人本以为它听到叫声后会更加不顾一切地冲过去,没想到它却停下脚步,仔细地看了看"公狼",突然又转身蹿进树林里。

猎人狠狠地给了自己几个嘴巴,骂自己自作聪明,多此一举,十足的猪脑子:凭狼的听觉,能分辨不出它的公狼的叫声?

猎人决定采用对他来说是最辛苦的一招。

猎人踩着没膝的雪,在树林里攀爬了三天才找到那只母狼的巢穴。母狼不在,两只幼狼中的一只已经死去,另一只骨瘦如柴,浑身颤抖,伏在地上,不时地伸舌舔舔一截干枯的兽骨。见了猎人,幼狼竟然晃悠悠地站起来,飘忽忽地走向猎人,它大概以为猎人是给它送食的吧。

猎人抓出幼狼,为了不让它立即死去,给它喂了点牛奶,然后固定到陷阱上那只"公狼"的身边。

母狼很快就找来了。它完全没有了前两次的小心和警惕,惨叫着跑向幼狼,干瘦的身子直被风吹得打趔趄。就在猎人认为母狼这次一定会掉进陷阱的时候,母狼却在陷阱的边沿站住了,直盯着幼狼,凄惨地叫着。约莫半分钟,母狼开始绕着陷阱走。三四圈后,母狼跨上那根架在陷阱上用于伪装的树枝,颤巍巍地走向幼狼。它要不顾一切地救走幼狼。

猎人赶紧大叫,想让母狼受惊吓而跌进陷阱。可是母狼仿佛没听见,依然颤巍巍地走在树枝上。猎人又向母狼身旁放了一枪。母狼还是毫无顾忌,只专注地走向幼狼。

眼看母狼就要挨上幼狼了,猎人慌了,对着幼狼"砰"的一枪。幼狼中枪,掉落陷阱。母狼没有叫,也没有跑,扭头看看树上的猎人,看看陷阱里的幼狼,又看看"公狼",突然一声惨叫,扑向"公狼",抱着它一起滚进陷阱。

猎人得意地从树上跳下,活动活动冻僵的手脚,走过去,掀开陷阱上的伪饰物,不由得大惊:母狼已将公狼的皮囊撕成碎片,正在拼命地撕咬、抓扯着自己的皮毛。

陷阱里,一片血腥!

鱼鳔的故事

很久很久以前,鱼儿是没有鳔的。他们必须时时刻刻不停地振动着身体,否则就会沉入水底,更不用说浮到水面吐泡泡、晒太阳、看风景了。

这天,鱼爸爸做了一件大好事,上帝赏了他一个鱼鳔。从此,鱼爸爸再也不必卖命地振动身子了。他只需要轻轻地呼气或者吸气,就能随心所欲地下沉或者上浮。

鱼爸爸老了,按上帝当初的承诺,他可以把这个鱼鳔传给自己的一个孩子。鱼爸爸叫来他的那对孪生儿子——鲫鲫和鲨鲨,说:"我的孩子,这个鱼鳔传给你们哪一个呢?"

可能是鲨鲨比哥哥迟出生几分钟的缘故吧,身体生来就比哥哥孱弱得许多。一年里,鲨鲨至少有三百天在生病,都这么大了,还不会捕食。哥哥鲫鲫则不一样,他身强体壮,速度迅速,捕起食来,丝毫都不逊色于鱼爸爸。面对鱼爸爸的问话,兄弟俩都不回答。很显然,兄弟俩都想拥有这个宝贵的鱼鳔。

沉默了好一会儿,鱼爸爸看了看鲨鲨,说:"这样吧,鲨鲨,你身体一直都不太好,连个小水虫儿都捕不到。鱼鳔即使给了你,也不会起什么大作用的。与其给你浪费掉了,不如给你哥哥吧。你看哥哥,身体多么好,又多么会捕食,要是再有了这个鱼鳔,就一定能成为海洋里的巨无霸。那样,我们家族就一定能成为海洋里的霸主!"

鲨鲨心里清楚,爸爸说的不是真的,他从来都不喜欢自己,根本就无意把鱼鳔给自己。鲨鲨难受极了,簌簌地流着眼泪,紧紧地咬着牙,一句话也不说。

"哥哥成了霸主,你还担心没吃的吗?"鱼爸爸摸着鲨鲨的头,安慰了几句,又对鲫鲫说:"你以后要照顾好弟弟!"

鲫鲫拉着鲨鲨的手,亲切地说:"好弟弟,你放心,你一百个放心! 以后不论什么时候,哥哥的,就是你的。只要哥哥有吃的,就绝不会让你饿肚皮! 哥哥以后成了霸主,你就更是要什么就有什么了。"

不久,鱼爸爸死了,鱼鳔当然传给了哥哥鲫鲫。可怜的鲨鲨,在鱼爸爸死后第二天就开始饿肚子了——哥哥仿佛早已忘记了当初的承诺,一天到晚只顾自己吃啊玩啊,连看也不看弟弟鲨鲨一眼。可怜的鲨鲨,求哥哥给他一点食物,得到的却是哥哥的嘲笑和辱骂。鲨鲨伤心极了,多少次想到死,但对生命与生俱来的爱恋又让他没有勇气,更让他不甘心。鲨鲨也明白了,作为一条鱼,指望谁都不可能。任何时候,任何事,都只有指望自己。于是,鲨鲨开始学习捕食。

学习捕食,对鲨鲨来说,是多么的不容易啊。最初,他连在水里移动一下都十分困难。他只得每天不停地振动着他那孱弱的身躯,一刻也不敢停下。多少次,鲨鲨刚刚将身体振上了水面,可不待他吸上一口气,又一头栽到了海底。歇了歇,鲨鲨紧咬着牙,又开始狠命地振动身体。痛了,在泥沙上磨磨擦擦;流血了,将伤口埋进泥沙里止血;昏迷了,醒来后又重新开始。为了生存,鲨鲨一刻也不敢让自己停下来。

哥哥鲫鲫呢? 自从有了鱼鳔,再也不像以前那样时刻努力振动身体了。他整天在大海里自由自在,优哉游哉,或者浮到水面上吐个水泡儿，或者在岩石上照个影儿，或者在青草丛中嬉戏一番。真是快乐极了。

时间，在鲨鲨的磨难和鲫鲫的悠闲中慢慢流逝。鲨鲨虽然还是靠振动身体游动，但不知不觉中，他的身体强壮了起来，体形也扩大了千百倍，力量更是大得惊人。至于捕食，对鲨鲨来说，更是小菜一碟了。鲨鲨所到之处，都会掀起一股海啸般的浪潮，别说小鱼虾，就连几十斤重的大鱼，也老远就被他吸进口中，成了他的腹中之物。再看哥哥鲫鲫，除了能悠闲文雅地吐着水泡儿，照着影儿，戏着草儿，什么食物也捕不到。有时饿极了，他就只好啃一口青草，甚至泥沙！

一天，哥哥鲫鲫正在吃泥沙，弟弟鲨鲨卷着一股强大的水流来了。鲫鲫吓得转身就要跑。鲨鲨上去，叫住哥哥，说："哥哥，谢谢你！要不是你这些年来对我的磨炼，我现在一定还是那个蜷缩在海底的小病鱼儿呢。"

鲫鲫羞愧难当，灰溜溜地逃出大海，躲到小河沟里去了。

鲨鲨就是今天海洋中的"巨无霸"鲨鱼，鲫鲫则是那终年躺在小河沟里以污泥为食的鲫鱼！

致命的诱惑

烈日似火。

无边无际的大草原，土黄色一片，连草根也被啃食得干干净净。这是狮群一年中最难熬的季节，运气稍微差一点儿，或者稍微有一点儿意外，他们就无法走出这个季节。

里拉娜是一只雌狮，已经十三天没有进食了，这即将是她的极限。十三天前，里拉娜和姐妹们虽然刚刚分享了一头健壮的水牛，但她们知道即将到来的残酷，不待嘴角的牛血舔舐干净，又开始觅食。可是，到了第七天，她们连一个食物的影子也没有碰到。

里拉娜和姐妹们决定分头觅食，这显然对捕食大型动物不利，但眼下也只能这样做。

现在，六天又过去了，里拉娜的肚子像两张纸，似乎紧贴在一起。里拉娜可能意识到，再有一两天，雨季就来了。雨季一来，所有动物都会跑出来。动物们一出来，里拉娜她们就吃喝不愁了。但是，她们还能等到那一天吗？里拉娜站上一个高坡，眼巴巴地眺望四周，她渴望哪里能动一下。是的，只要能动一下。动一下就说明有动物，或者起风来雨了。可是，除了自己的影子偶尔一动，什么也不动，草原死了。

里拉娜不得不换一个高坡，她也一定意识到，再爬上这个高坡，如果还是没有食物进肚，她就永远走不下来了。里拉娜看到，远远近近，她的姐妹们，也一个个在向各自的最后一个高坡爬去。

里拉娜的眼前忽然有什么动一下。里拉娜就要撒腿追去，但没有——多日来，里拉娜对食物的渴望，已经让死了的草原在眼前"动"了多次，但每次除了浪费掉一些宝贵的体力外，她什么也没有得到。里拉娜伏下身，抬起头，警惕地看过去。又动了一下。天啊，一只灰黄色的兔子，正平躺在地上，四肢微微动弹着。里拉娜见过这种因衰老和饥渴而将死的兔子，但不敢掉以轻心，一丝不苟地做好一切捕食的准备动作，调动全身的力量，箭一般地蹿过去，紧紧地咬住垂死的兔子。

叼着兔子，里拉娜向坡上走去。但是，里拉娜太虚弱，加之刚才的发力,她一步也迈不了了。

里拉娜放下兔子,前腿摁住。她大概想就在这儿向姐妹们发出分享食物的讯息吧——不错,自从有了这个种群,她们一直这样做:食物大家分享,即使在这命悬一线的时刻也不例外。可就在里拉娜刚抬头张嘴的时候,脚下的兔子却动了动。里拉娜赶紧低头咬住兔子。

里拉娜太饿了,她等不及发出讯息,更等不及姐妹们的到来,撕下兔子的一条后腿,嚼几嚼,吞下去。里拉娜并没有多吃一口,她或许认为自己的错误只是先吃了而已,但是……

里拉娜抬起头,她想再次招呼她的姐妹们,可是,当她又低头看到脚下兔子的时候,犹豫了。她是觉得自己还没有吃完自己该得的那一份吗?或者,是觉得自己立了功应该多得一份呢?总之,里拉娜又撕下兔子的一条前腿,吞了。

里拉娜再次抬头要向姐妹们发出讯息,然而还是停下来,开始舔舐兔血——血不算肉,里拉娜一定是这样想的吧。舔着舔着,里拉娜又撕下兔子的另一条后腿……

里拉娜竟然吞掉了整只兔子!

姐妹们终于从空气中得到了食讯,使出全身的力气,跑向里拉娜。

看到姐妹们,里拉娜愣住了。姐妹们看到里拉娜嘴角的血和地上的兔毛,也愣住了。

好一会儿,里拉娜走向姐妹们,一个个摩挲着她们的头,低叫着——她是在请求姐妹们的原谅吗?可是,姐妹们不理睬,默默地走开。

可怕的事情发生了:姐妹们还没走上几步,就一个个倒下——刚才的奔跑,耗尽了它们最后的体力。

里拉娜跑过去,在姐妹们的耳旁不断地叫唤,它希望它们能够站起来。里拉娜又跑向最高坡,眺望四周,它希望尽快抓住食物来挽救姐妹们。可是,一切都是徒劳。

第二天午后,草原终于迎来了九个月以来的第一场雨。立即,食草动物们又铺天盖地地出现在草原上。里拉娜开始捕食。然而,论狡猾,她不如田鼠;论速度,她比不上兔子、羚羊;论力量,她无法制服角马、水牛。每次出击,里拉娜都无功而返。

现在,近在眼前的美食,对里拉娜来说,只能折磨得肚子更难受。她只得在无边的草原上晃荡,靠一些动物的腐尸维生。

可怕的是,体内没有足够脂肪的贮存,里拉娜能熬过即将到来的严冬吗?

爱的逃亡

狮王老了,往日钢针一样坚挺、致密、整齐的鬃毛,已干枯、稀落、打结。叫声低哑乏力,再也不能激荡草原,再也不能令对手和猎物闻之丧胆了。曾经,狮王每天要巡视领地数次,现在一天比一天少,就连标记界线的尿液往往抖抖索索老半天也徒劳无功。狮王还一改往日的孤傲、威严和神圣不可侵犯,任由幼狮们在身上打闹,抓搔和撕咬,不恼不怒,眼神里还尽是柔情。

雌狮瑞丽蹲坐一旁,满眼忧郁。他知道,他的狮群即将改朝换代,迎来新的主人。

远处,一阵雄狮的吼叫,激昂,杀气腾腾。狮王一愣,转头看看他的雌狮和幼狮们，很不情愿地走向入侵者的方向。入侵者就在领地边，昂首挺立，放声吼叫，骄傲和力量充塞了他身体的每一个毛孔。而狮王呢？步履愈发沉重，气势愈发颓靡，好几次都有停下来甚至退却的迟疑。瑞丽对着姐妹们一声大叫，姐妹们心领神会，吼叫着一齐冲向入侵者。狮王仿佛受到了鼓舞，一声吼叫，冲向入侵者。入侵者落荒而逃。

入侵者跑了，但不会放弃。狮王留下了，却只是暂时的。这一点，瑞丽心里一定很清楚，在他十一年的生命记忆里，他已经经历了三次。每一次，不论雌狮们如何努力，老狮王最终都逃脱不了失败、逃亡、死亡的宿命。而新狮王"登基"之初，必定对老狮王留下的幼狮来一次彻底的大清洗。

瑞丽看着幼狮们，小东西们并不知道刚刚发生的危险和即将难逃的厄运，依然无忧无虑地嬉闹。瑞丽又看向狮王，刚刚的胜利虽然让他振作了一些，但衰败的身体、胆怯的内心却无法掩盖。难道就这样让孩子们等待死亡？瑞丽的眼里一片空洞。

夜幕笼罩了草原，姐妹们围着幼狮躺下来。夜风又传来那只入侵者的吼声，虽然遥远，但充满力量、躁动和战斗的渴望。狮王竟然放下雄性的尊严，走进雌狮们中间躺下来——他将自己的安全和王位完全寄托在雌狮们身上。

瑞丽和她的同胞姐妹吉布一番"哼哼唧唧"，然后起身，姐妹俩带着她们的七只幼狮，走出狮群。

走出不远，吉布胆怯了，不顾瑞丽的阻拦，执意领着她的四只幼狮走回了领地。瑞丽迟疑了一会儿，带着自己的三只幼狮坚定地向领地外走去。

事实很快证明瑞丽是明智的：三天后，那只入侵者战胜了狮王，攫取了狮群，将包括吉布的四只幼狮在内的一岁以下的幼狮全部猎杀。这是狮子的天性，上帝也无法改变。

事实又证明瑞丽是莽撞的：以前，狮群能轻松捕获一匹角马，现在单枪匹马的她，连一只瞪羚、野兔都捕不到。瑞丽只能刨草鼠洞，靠草鼠充饥，但乳汁还是越来越少。幼狮们自然越来越饿。

这天夜里，一匹衰老的斑马落了单，这对瑞丽不啻一个天大的好事。追击开始了，瑞丽拼命地奔跑，双眼圆睁，紧盯斑马，不敢让斑马从视线里消失一刹那。然而，瑞丽的视线很快错乱起来——狮子的眼睛尽管有夜视功能，但黑夜里，斑马黑白相间的斑纹很容易晃花她的眼。瑞丽不放弃，虽然她可能只是凭着感觉在追击。忽然，一声惨叫，瑞丽滚落在地——一根新断的树桩将她的左前腿胛划开一道一尺长的大口子。

瑞丽艰难地走回她临时的家，鲜血流了一路。幼狮们都饿极了，不待母亲躺下，就一哄而上，啜母亲那早已被他们撕咬得伤痕累累的乳头。幼狮们又太小了，丝毫不能感受到母亲的痛苦——当他们发现母亲的乳房里还是一滴乳汁也没有的时候，就失望而愤怒地抓挠、撕咬母亲的头脸。瑞丽仿佛一个犯错的孩子，忍受剧痛，任由幼狮们发泄对她的不满。

瑞丽陷入了绝境。以她的伤情，如果重归狮群，有其他姐妹的照顾，她还有活下的可能，但那样幼狮们必被新狮王屠杀。不回狮群，不仅没有食物，嘴又舔不到伤口以消毒，她只有死路一条，但那样幼狮们虽是听天由命却毕竟有一丝活下去的希望。几天里，瑞丽好几次艰难地爬起来，带着幼狮们飘忽忽地走向她昔日的领地，但每当远远地看到新狮王在耀武扬威地巡视领地的时候，她就停下脚步，目光扫过一个个虚弱不堪的幼狮，转过身走开。

瑞丽的伤口开始化脓、生蛆。时间，留给她的不多了。

这天，瑞丽连站起来的力气都没有了，她的姐妹吉布来了。吉布给瑞丽叼来一大块角马肉，又伏下身，一边给幼狮们哺乳，一边舔舐瑞丽的伤口……

一年后，瑞丽和她的姐妹吉布带着三只健壮的年轻狮子，重新回到了昔日的狮群。

大自然的指令

烈日当空。

白花花的草原上，老雌狮布玛拉站在一个高坡上，一动不动，静静地看着不远处姐妹们正在追逐一匹角马。布玛拉知道，姐妹们虽然都使出了吃奶的劲，但那匹角马太强壮，姐妹们有一无所获的危险。布玛拉多想参加战斗，可是她更知道，自己太老了，太不争气了，总是跑不了多远就气喘吁吁。

终于，姐妹们扑倒了角马。

布玛拉赶紧冲过去帮忙，她相信自己还不至于连这点忙都不能帮。布玛拉挤进那只咬着角马咽喉的雌狮身边，叫一声。这只早已筋疲力尽的雌狮知道布玛拉是来帮忙的，松开嘴，退到一旁，大口大口地喘息。与此同时，布玛拉死死地咬住角马的咽喉。

当角马猛一摆头的时候，布玛拉本想咬得更紧，但那曾经有着千钧之力的嘴巴和牙齿竟然不知怎么松开了。布玛拉想再一次咬上去，但角马就地一滚，一翻，将那些伏在它身上的忙着喘息的雌狮全部掀落了下来。

到嘴的美味又跑了，只因为布玛拉没能扼住角马的咽喉。

布玛拉懊恼极了。她不得不承认自己真的老了，太老了，再也不是那只曾经单枪匹马就能制服一匹健壮角马的雌狮了。布玛拉只得进行这一年来的第三次角色转变：彻底告别捕猎，回到那片茂密的荆棘丛，做幼狮们的专职保育员（布玛拉第一次角色转变是由捕猎的组织者变为参与者，第二次由参与者沦为刚才那样的观望者或偶尔的帮忙者）。

布玛拉的狮群很大，单半岁以下的幼狮就二十多只。这些小家伙们，根本就不体谅他们的母亲和阿姨们捕猎是多么的辛苦。饿了，就要吃奶或吃肉；吃饱了，就调皮，甚至跑到荆棘丛外面，根本就不管那里常常守候着要以他们为食的鬣狗和豹子。

布玛拉的工作就是寸步不离地守候在荆棘丛外面，随时将那些一玩起来就昏了头，就不要命的小家伙们从外面叼回来。这个工作比捕食虽然轻松不少，但很麻烦，因为小家伙们总是不断地跑出来。

干旱越来越严重，姐妹们捕获的食物越来越少。可是，幼狮们的胃口却越来越大，姐妹们拼命捕获的猎物，根本不够填饱他们的肚子。看着整天被饥饿折磨得"唧唧"叫唤又日渐瘦弱的幼狮，看着每天夹着干瘪肚子在草原上游荡、追击、厮杀却连续几天吃不上一口食物的姐妹们，布玛拉的眼神一片黯淡。

草原到了一年中最干旱的季节，也是最考验生活在这里的动物们的季节。此时，这些动物们，运气稍微不好就有整个家族灭绝的危险。几年来，单布玛拉亲眼所见到的，这块领地上就有一个狮群和两个鬣狗家族灭绝。

这天，姐妹们终于捕获了一只瘦弱的羚羊，她们没舍得吃上一口就拖了回来。幼狮们一见，"嗷嗷"扑上，狼吞虎咽地撕起来。忽然，一个姐妹急切地叫起来，边叫边拱开一只只幼狮，接着又蹿到布玛拉面前,焦急地大叫——她的孩子不见了。

然而任凭这个姐妹怎么叫,布玛拉只是蹲坐地上,一动不动,空洞的眼神茫然地看着远方。这个姐妹愤怒了,狠狠地抓一下布玛拉的头,就焦急地四下去寻找。其他姐妹也愤怒地对着布玛拉一通嚎叫,然后纷纷加入寻找那只幼狮的行列。

第二天,又一只幼狮不见了。第三天,第四天……每天都有幼狮消失。

终于,姐妹们受不了了,一哄而上,将布玛拉掀翻在地,一顿撕咬。布玛拉呢? 不叫,不躲,更不反击,等姐妹们停下来,才艰难地爬起来,蹲坐于地,空洞的眼神依然静静地看着远方。

夜里,布玛拉死了——衰老、饥饿,特别是姐妹们留给它的伤痛,让她至少早死了半年。姐妹们心头的恨仿佛并没有消失,撕开布玛拉干巴巴的皮,唤来幼狮们。幼狮们饱食了一餐,至少可以再挺个三四天。

四天后,一年一度的雨季来了。只一夜间,草原就绿了起来,那些多日来无影无踪的食草动物也一下子遍布了草原。姐妹们吃饱喝足后,躺在布玛拉散乱的骨头旁。她们还在仇恨着这个曾经的老姐妹吗? 她们还在想着那些幼狮到底去了哪里吗?

在那段最艰难的时期里,每当姐妹们外出捕食时,布玛拉就会选择一只相对瘦弱的幼狮,陪她一阵戏耍后,再紧闭着双眼将其杀死。然后,布玛拉舔着干裂的嘴唇,爱抚地在幼狮的尸体上嗅了又嗅,直至唤来其他幼狮分食。最后,布玛拉将幼狮们啃剩的幼狮的骨头叼进荆棘丛最深处埋葬,再回来清理现场。自始至终,布玛拉连幼狮的一滴血也没有舔。

为了种群的延续,布玛拉不得不这样做——这仿佛是来自大自然的指令。

独角公牛

一阵漫天的灰尘由远而近。近了，是一群来饮水的野牛。

最先下水的是牛群的首领——独角公牛。接着，成年野牛们纷纷下水，分立独角公牛两侧，半圆形排开。独角公牛四下扫视一番，打个响鼻，三头牛犊这才走近水边，探头喝水。

独角公牛喝着水，眼睛却紧盯着牛犊，它害怕鳄鱼突然冲破"牛体盾牌"，袭击牛犊。一会儿，牛犊喝好了水，上了岸。独角公牛开始专注地喝水。

忽然，六七条鳄鱼，同时从水下蹿向独角公牛。独角公牛显然没料到这一点，等它反应过来，尾巴、双耳、四肢已被一张张有力的大嘴死死地咬住。它摆头踢腿，上蹿下跳，左冲右突，但鳄鱼太多，而且又有鳄鱼赶来咬住它的鼻子——野牛的致命部位。

独角公牛的身子慢慢瘫下去。

牛群从短暂的惊慌中缓过了神，几头公牛跑过去，抢起尖角刺向鳄鱼。一条倒霉的鳄鱼，美味还没尝一口，肚皮就被牛角划开了一条大口子，扑腾几下就不动了。独角公牛站起身，摆了摆头，仿佛栽了面子，抢起独角挑起那条刚死的鳄鱼，"啪"一声摔出老远。

独角公牛走上岸，满身伤口，鲜血直流。

野牛们正在岸边啃草，独角公牛忽然一声慌急的哞叫，牛群立即撒腿飞奔——它们明白这叫声意味着什么：狼来了。对野牛来说，狮子、豹子有时并不可怕，因为只要能逃过它们的突然袭击就没事了。狼则不然，狼是强盗，只要它盯上了你，哪怕追上十五公里，也一定要把你变成它们的美味。

这是一支只有三只狼的强盗团队，它们分布在牛群的左、右和身后，追赶着。很快，它们锁定了牛群中的一头牛犊，于是后面那只狼一个跳跃，准确地落在目标牛犊的身后，一口咬住它的一条后腿。牛群在疯狂地奔跑，似乎并不知道它们的一个"下一代"已被捕获。

独角公牛终于发觉了异常，停下，后看，牛犊已被三只狼摁倒在地。独角公牛一声哞叫，风一般奔过来。另一头短尾巴公牛，也折回头奔过来。

独角公牛哞叫着，抢起独角，凶猛地冲向狼。狼反应灵敏，丢下牛犊闪开。于是，独角公牛断后，短尾巴公牛打前，护着未受大伤的牛犊向牛群追去。

三只狼当然不罢休，又追了百米左右，再次扑倒牛犊。独角公牛再次抢起独角，冲上，赶狼。可这次，狼们没有放开牛犊，它们轮流作战，这只被赶走，那只又上来。短尾巴公牛追赶了几次，大概是觉得于事无补了吧，撒腿奔走了。独角公牛不放弃，抢着独角，来回驱赶一次次扑上牛犊的狼。

独角公牛粗气直喘，在又一次冲向一只狼的时候，一条前腿一趔趄，"咕咚"一声栽倒——鳄鱼留给它的伤口已经流了太多的血。虽然独角公牛立即站起继续战斗，但敏锐的狼还是捕捉了一个信息：独角公牛是一个更大的美味。

三只狼丢下垂死的牛犊，逼向独角公牛。独角公牛毫无畏惧，一面抵抗，一面不时地低头推拱牛犊，似乎在鼓励它快点爬起来逃跑，可牛犊烂泥一般，瘫在地上。

半个小时过去了,独角公牛依然被三只狼紧紧地缠着。它满身是血,如"红牛",尾巴被咬掉了半截,睾囊也被撕破。它渐渐力不从心了,四肢越来越颤抖,栽倒的频率也越来越高。终于在它又一次栽倒时,三只狼同时扑上,分别咬住它的尾巴根和两条后腿。独角公牛不愿倒下,两条前腿倔强地跪曲着,头颅高昂,几次发力想站起,都失败了。

狼实在凶残,前头独角公牛还在叫着鼓励着牛犊,后头它们已经撕开它的后腿,开吃了。

独角公牛虽然还能偶尔抢起角,但对狼已毫无威胁,它只能眼巴巴地看着自己的血肉源源不断地进入敌人的嘴里、肚子里。

牛犊终于爬起来,可不知是吓傻了还是无力逃走了,或者是不忍离去吧,它竟然走到独角公牛的面前,伸出舌头舔舐它血水模糊的眼睛。独角公牛的叫声越来越弱,却努力推拱着牛犊,分明是催它快跑,可牛犊却蹲下身继续舔舐它……

独角公牛的后腿已露出森森白骨,它放弃了反抗的努力,只看着牛犊哞叫。

一只狼放下独角公牛的后腿,走向前来撕咬它的腹部——它想吃更味美的牛内脏。牛犊又站起身,颤巍巍地走向那只残暴的狼,用尚没有角又毫无力气的头抵着狼的嘴——它要阻止狼撕咬独角公牛的腹部。那只狼仿佛受到了侮辱,一口咬住牛犊的脖子,摁倒在地……

这只狼太骄傲,它一定没有想到独角公牛竟然神助般站了起来,抢起独角——牛角从这只狼的肚子刺进去,从它的背上刺出来。

另两只狼大骇,顾不上美味,也顾不上还挑在牛角上哀嚎的同伴,撒腿逃去。

复仇的母象

这是一年中最热的季节。

中午,草原上的空气令人窒息。

一头母象,带着它才出生没几天的小象,在一个即将干涸的水塘里戏闹。不一会儿,小象玩腻了,独自上岸去玩。母象继续留在水塘里,懒洋洋地享受着这难得的清净和清凉。

一群狮子,有六七只,夹着干瘪的肚子,悄悄地向水塘走来。看到了小象,狮子们不由地停下脚步,瞪大双眼,贪婪地盯上去。足足两分钟,狮王抬头看了看水塘里的母象,低叫一声,狮子们才舔了舔干涩的嘴唇,依依不舍地走开。这里是大象的领地,能在这里喝上几口水就是谢天谢地了,还岂敢打人家小象的主意?可是,一只最瘦最虚弱的雌狮不愿走,悄悄溜出狮群,匍匐着,逼向小象。狮王立即发现了,大吼一声,阻止了这只雌狮的莽撞。

来到水塘边,群狮悄无声息地伏下身喝水。母象发现了,站起来就追。狮子们大骇,爬起来,跌跌撞撞地逃跑。

母象将狮群追出好几百米后才停下来,回到水塘边,见小象正在一片草丛中优哉游哉地玩耍(小家伙根本不知道自己身边刚刚发生的危险),又走下水塘,继续享受泥水的清凉。

不一会儿,母象似乎忽然想起了什么,一激灵,起身看向小象玩耍的地方,小象不在了。母象急忙跑上岸,四下张望,二百米外,小象正被一只狮子扑倒在地。母象"嗷嗷"地大叫,疯一般地奔过去。

袭击小象的就是刚才那只最瘦最虚弱的雌狮,它两个月前才产下四只小狮子,可因为好几天没有食物进肚了,小狮子们赖以生存的奶水殆尽。为了小狮子,它只好不顾一切地从狮群里溜出来,图谋小象。发现母象追来,雌狮丢下小象,撒腿就跑。

母象来到小象身边,见它身上正流着血,突然暴怒,再次向雌狮追去。狮子的速度本来比大象要快一些,但此时的雌狮已十分虚弱,而母象正处在极度的愤怒之中,因此两者的速度颠倒了过来。雌狮眼看就要被追上了,面前出现了一棵与地面呈六十度角的歪斜的大树,它不顾一切地向树上爬去。

雌狮刚爬上三四米,干瘦的屁股就狠狠地挨了象鼻子一下。它顾不上疼痛,没命地向上爬。雌狮刚抱上一根树枝,母象又一鼻子抽来,好在只抽在树枝上。树枝剧烈颤动,雌狮死死地抱着,惊叫着。母象绕着大树,不断地抽打那根树枝。树叶纷飞,树枝也开始"咔咔"作响。雌狮又急忙爬上一根更高更粗的树枝。母象又开始抽打粗树枝。

见粗树枝不再震颤得厉害,雌狮的胆子渐渐大起来,两只前爪抓打着树枝,龇牙咧嘴,吼叫着,似乎在向母象示威。母象不理睬,一次比一次更加凶狠地抽打树枝。

树叶都被震落了,灼热的阳光直射在雌狮身上。雌狮受不了了(它本来就饥肠辘辘,十分虚弱),更不敢示威了,而是向着狮群的方向惨烈地吼叫着。它是在请求援军吗?

狮群来了,它们虽然惧怕大象,但还是围着母象,张牙舞爪地大叫着,希望能吓退母象。母象毫无所惧,只专注地抽打着雌狮伏身的树枝,一点儿也不顾及鼻子上已渗出了殷红的血。

当母象又一鼻子甩过去的时候,粗大的树枝"咔嚓"一声响,猛然一沉——树枝裂了。母象看了看,深深地吸上一口气,高高地扬起长鼻子——这一鼻子再抽下去,树枝非断下来不可。雌狮看看周围的树枝,再没有可供躲避的树枝了。它绝望了,丢了魂一般,哀号着。可是,面对如此疯狂复仇的母象,连它的狮群都吓得离它而去了,谁还能救得了它呢?

突然,脚下一阵"唧唧"的叫声,母象低头一看:四只小狮子,干瘦而虚弱,飘忽忽地站在自己身边。母象似乎知道它们是雌狮的孩子,后退两步,高高扬起的鼻子也转向了小狮子们——它要抽打这些小狮子!小狮子们呢,仿佛全然不知,更无所畏惧,只向着树上的雌狮,凄惨地叫着。

惊恐的雌狮这才发现自己的孩子并意识到它们正身处险境,想爬下来却又转不了身(狮子本来就不善于爬树),只有对着孩子们声嘶力竭地哀号。它的意思,一定是叫孩子们快点离开。可是它的孩子们一个个都十分倔强,毫无走开的意思,站立一排,昂着头,对着树上的母亲,微弱而凄凉地叫着。

树上树下,惨叫声一片。

奇迹发生了:母象高高扬起的鼻子,慢慢软下来,又轻轻地滑过四只小狮子,接着转过身,走向它的小象——它竟然放过了雌狮。

——是孩子拯救了母亲,更是母性拯救了母亲。

复苏的母性

猎豹莉拉娜又一次做了母亲。

回想莉拉娜这三年多的"人生"经历,能有今天,实属不易:两年多前,莉拉娜八个月大的时候,她的母亲在一次捕猎中受伤,并于当晚被一群鬣狗瓜分。当时,莉拉娜姐弟四个,才刚刚换牙,还没有学到必要的捕猎技巧。于是不到一周,莉拉娜的弟弟妹妹们就陆续成了鬣狗的美餐。唯独莉拉娜,凭着机灵,无数次从鬣狗的尖牙利爪中逃脱,靠草鼠、蜥蜴为食,活了下来。这实在是一个奇迹。两岁半时,莉拉娜生下第一窝三只幼崽,但半个月后幼崽就被鬣狗捕食了。这是再正常不过的事:野生小豹的成活率从来都不到百分之十。后来,莉拉娜又第二次、第三次做母亲,但同样都在一个月内失去孩子。凶手都是鬣狗!

这一次,是莉拉娜第四次做母亲,虽然只生了一只小豹。

莉拉娜从前几次的丧子中获取了经验教训,她把家选在一片荆棘丛生的树洞里,除了捕食,寸步不离。但三个月后,厄运还是降临了:那群鬣狗,又盯上了她的这只小豹。鬣狗是著名的残忍主义者,奉行的是强盗逻辑和冷血政策——他们一哄而上,从莉拉娜身下抢走小豹,当着莉拉娜的面,将"唧唧"叫、四肢踢蹬的小豹撕碎,吞下。

面对此情此景,作为母亲的莉拉娜,她的心情,我们就不去揣测了吧。

悲痛之后，莉拉娜开始报复鬣狗。

莉拉娜最初的复仇毫无理智，近乎疯狂：冲进鬣狗群，见谁咬谁，见谁撞谁。但她的体力连单个的鬣狗都不如，所以总是得不偿失，甚至几次差点丧命。莉拉娜改变了策略：跟踪鬣狗群，寻找他们的栖息地。莉拉娜要以牙还牙，报复鬣狗的幼崽。

莉拉娜终于找到了鬣狗幼崽藏身的洞穴，但是，残忍如鬣狗者，对自己的孩子也同样慈爱有加。上帝赋予一切动物与生俱来的至深至伟的母爱，要不然，这个星球早已死气沉沉，单调乏味，更别说人类的生生不息了！莉拉娜多次偷袭或强攻鬣狗洞穴，都被守护洞穴的鬣狗击退。莉拉娜不放弃，徘徊在鬣狗洞穴的四周，抓住一切机会进攻。

鬣狗们终于妥协，转移幼崽——不知道他们此时是否为自己曾经的罪恶而后悔。然而，莉拉娜很快又找上门来。鬣狗们没办法，只得又一次转移。但莉拉娜鬼魅一般，如影随形，不论鬣狗们将幼崽转移到哪儿，不出三天，她又会找上门来。

这天，莉拉娜的机会终于来了：一只调皮的小鬣狗，被一只蜥蜴所诱惑，不知不觉跑出了很远。就在小鬣狗意识到危险却不知所措时，莉拉娜出现了，不费吹灰之力将其摁在爪下。

莉拉娜并没有立即杀死小鬣狗，而是像猫戏老鼠那样，时而抓打几下或撕咬几口，时而又放开他，让他跑，等他跑出几米远后再扑上去，再抓咬，再放开，再抓回来……莉拉娜是想通过这种方式发泄她对小鬣狗家族的仇恨吗？很快，小鬣狗伤痕累累，鲜血直流，伏地凄叫，无力逃跑。

鬣狗们终于找过来了。可是，当他们一哄而上时，莉拉娜却叼起小鬣狗爬上了近旁的一棵大树。

鬣狗们没有爬树的技能，只能在树下拼命地跳跃、撕心裂肺地大叫。莉拉娜毫无所动,在树上气定神闲,仿佛变态的表演者,随心所欲,没心没肺,越发残忍地蹂躏着小鬣狗。小鬣狗已完全放弃了逃生的努力——自从被带到树上,他就浑身瑟缩、惨叫。

或许是觉得无趣了吧,莉拉娜停止了表演,侧躺在树丫上,压着小鬣狗的一只前腿,让他的身子悬在半空。小鬣狗一动不能动,只偶尔发出几声微弱的惨叫。

不知过了多长时间,小鬣狗竟然咬住莉拉娜的一颗乳头——他是意识不清还是"认贼作母"呢? 莉拉娜立即大怒,吼叫着就要去撕咬小鬣狗。可怜的小鬣狗,浑然不觉,竟然贪婪地吮起乳汁。然而,谁也没想到,莉拉娜的血盆大口在小鬣狗的脖颈处慢慢地停了下来,充满杀机的双眼也渐渐地柔和起来……

约莫一分钟,莉拉娜仿佛完全变成了另一只猎豹:将小鬣狗从身下缓缓叼起,轻轻放到两条后腿间,再轻轻夹住,伸出舌头,柔柔地舔舐着他伤痕累累的身体。目光里,尽是慈爱。

小鬣狗吃饱了。莉拉娜再一次做出了惊人的举动:轻叼着小鬣狗,慢慢爬下树,将小鬣狗还给了树下的鬣狗们。

——小鬣狗无意间吸奶的动作,激活了莉拉娜内心深处的母性。母性,似一溪清泉,浇灭了莉拉娜心头如火的仇恨!

公豺黑背

丛林里，春意正浓。

河里，流水"哗哗"，溅起一朵朵雪白的浪花。

公豺黑背蹲坐河岸，面前，他的三只幼崽，一个个肉嘟嘟，皮毛黑亮，正在阳光下毫无章法地嬉闹。小家伙们时而卿卿我我，时而相互追逐，时而两个打一个或三个打作一团。打得凶了，黑背就跑上去赶开他们，再一番张牙舞爪，训诫他们不可忘却手足之情。小家伙们却毫不理睬，一窝蜂地蹿上去，撕咬黑背。黑背作势要跑，小家伙们紧跟而上。黑背就势一滚，小家伙们于是骨碌碌地跌滚一团。黑背又急忙爬起来，伸出舌头，一个个舔干净他们身上的灰土和草屑。

母豺回来了，小家伙们立即离开父亲，奔向母亲和她带回的食物。微风煦日，黑背眯缝着眼，看着狼吞虎咽的孩子们，极其开心。

忽然，几声变味的豺叫声传来，黑背触电般跃起。对岸，一只豺，毛发肮脏凌乱，头脸处伤痕累累，血迹遍布，一边向着这边狂叫，一边又急躁而凶狠地抓搔着自己的头脸——这是一只患了狂犬病的豺。狂犬病是一种能将犬科动物种群灭绝的严重传染病。再健康的豺，只要碰到病豺舔过的草木、喝过的河水、走过的路，就会被感染。任何豺，一旦染病，就会凶残地进攻一切动物，哪怕自己的同伴和幼崽，直至体力耗尽，痛苦死去。

母豺也发现了病豺,立即跑向黑背。黑背赶紧调头吼向母豺,警告她不要靠近。母豺不听,与黑背一起向对岸的病豺吼叫。三只幼崽不知道发生了什么,也走过来。黑背飞一般奔过去,挡住他们的路。幼崽们误以为父亲又要与他们做游戏,一哄而上,咬着黑背的耳朵、尾巴和腿脚,在地上翻滚。黑背大叫着,头拱腿踢,将幼崽们赶向丛林。

黑背又急忙跑回河边,正要将母豺驱向幼崽时,对岸的病豺却要下河渡向这边。母豺大叫着就要跳下河去阻止,黑背却粗暴地阻止着她。母豺不从,反要将黑背驱向幼崽。

或许是"哗哗"的河水将理智尚未完全泯灭的病豺吓住了吧,他并没有下河,而是继续站在岸上向这边狂叫。黑背和母豺还在僵持着,她们谁也不愿离开这个危险的地方。三只幼崽似乎感觉到了异样,胆怯地走来,簇拥着他们的母亲,恐惧地叫着。

黑背伸出舌头,一个个舔过幼崽们的身体,又用头抵了抵母豺的头,"咕噜咕噜"叫着——难道他已做好了赴死的准备而在向妻儿作最后的交代和告别吗?

那边,病豺又一番凶暴地抓搔自己的头脸后,猛然蹿进河里。母豺一看,就要推开幼崽冲上去,可黑背已早于她跳下了河。

黑背拼命地扑向疯狂游蹿而来的病豺——本能告诉它,病豺每离他的妻儿近一步,妻儿就多一份危险。两只豺在河中央相遇,病豺虽然毫无理智、异常凶残,但毕竟体力消耗殆尽,很快便被黑背骑在身上,摁进水里……

好一会儿,病豺死了,黑背放开他,来不及喘息就急切地向岸边游过来。岸上,母豺和幼崽们已站成一排,仿佛在迎接凯旋的英雄。

就要游到岸边了,黑背却突然停住,身子随之剧烈地颤抖起来。母豺赶紧伸出一只前腿去接应他，他却一边低头大叫，一边快速后退。退到河中央，黑背停下来，目光扫过岸上的一个个幼崽和母豺，又发出几声沉闷而凄凉的叫声，转头向对岸游去。

隔河相望，黑背紧盯着他的幼崽，又不停地向母豺叫唤。很多次，母豺都要跳下河，但都被他撕心裂肺的叫声阻止。一天，两天，黑背的嗓子嘶哑了。

第三天傍晚，在黑背几乎用尽所有的力气一声狂吼后，母豺带着幼崽们一步三回头地离开了河岸，向着丛林深处走去。

第四天早晨，当太阳升起的时候，黑背一改这几天的愁容和颓相，突然兴奋起来。一阵疯跑后，黑背焦躁地抓搔起自己的头脸，头脸上立即血肉模糊——黑背染上了狂犬病！

黑背跳进河里，蹿上对岸，不论是大象、狮子、野牛还是他的同类，他都疯狂地蹿上去撕咬。他的身上，很快又多出了其他动物留给他的伤痕。他还不时地撞向一棵棵树，昏厥后苏醒，苏醒了再胡乱地撕啃树皮……

太阳偏西的时候，黑背撞向了一棵大树，再没有醒来——他死了，他再也听不到他的妻儿们正在远离他的安全地带凄凉地呼唤他。

滚向悬崖

那年，我十六岁。初春，母亲走了。夏天，我辍学了。我将这一切归咎于父亲：母亲的死因为他拿不出钱，小病养成大病，大病导致不治;我的辍学因为他穷,虽然我是全县中考状元。我怨恨他的无能,怨恨他心里根本就没有我们。

面对终日不说话或者一说话就冲的我,父亲仿佛无所知。就这样,我们熬过了秋,熬过了冬。第二年开春,依然如故——做父亲的对儿子没情分,儿子对他能好得了吗?

那天,稀稀拉拉持续了半个月的春雨,终于停下来,太阳也难得地露出脸来。吃了早饭,父亲拿出他多年未动的猎枪,坐在门口,认真擦拭了一通,起身,用不可抗的语气要我随他上山,理由是"再这样闷下去,人就废了"。

山路铺满金黄的沙子,一踩上就"咯吱吱"响。雾气袅袅,笼着大大小小的树。树枝上,叫不出名字的鸟,飞来飞去,鸣声清脆。虽然一直生活在这山里,但十几年来,读书让我对此完全陌生。我第一次感受到大山的温情。

父亲发现了一串足迹,告诉我是野猪留下的,而且刚走过不久。

父亲的判断没错。我们顺着足迹,很快就在半山腰发现了三头野猪,一头大,两头小。我们悄悄接近,然后隐藏到一块大石后面。母猪毛皮粗糙,瘦骨嶙峋,正专注地翻拱泥土。小猪两个月大小,毛皮光滑,肉滚滚的,在母猪身下吃奶。父亲在等待最佳射击点的时候告诉我:"看出来吗? 母猪是第一次做母亲呢。"

"一个没有经验的母亲?"我第一次应和了父亲。

"这样好,这样就能将它们一网打尽。换了有经验的老母猪,就别想了。"父亲低声说,"小猪好,营养大。你该补补身子了。"

父亲就要扣动扳机了,母猪却突然一声惊叫,撒腿就跑。小猪也慌乱地紧随其后。我在非常懊悔的同时也十分纳闷:我和父亲已经好几分钟没有发出任何声响了,母猪是怎么发现我们的?转脸看父亲,他也满脸疑惑。

谜底很快揭开:它们的身后正追赶着两只狼——是狼惊动了它们。

父亲领着我从茂密的树林里尾随而去,边跑边兴奋地说:"看来我们今天的收获不小哩,等狼杀死母猪,我们再打死狼。狼肉比猪肉更营养。"

两只狼很快瞄准了一头小猪,然而就在一只狼要跳起来扑过去的时候,母猪突然掉头冲来,狼急忙闪开,小猪逃过一劫。

两只狼继续追赶,但总在它们即将大功告成的关键时刻,母猪就冲过来。

我和父亲躲在山顶的一块巨石后,守株待兔。父亲说:"这两只狼刚刚离开父母单独捕猎,没经验。"我问何以见得。"这种情况下,想捕住小猪不可能,因为母猪总会拼命相救。"我又问狼应该怎么做。"直接进攻母猪!"父亲说。

就在我对父亲的话将信将疑时,两只狼果真丢下小猪,转向母猪。我更加佩服起父亲。

猪是蠢笨的,野猪也不例外。就说这头母猪吧,它应该带着孩子向山下跑,跑进茂密的树林里或许还能逃过一劫,可它却径直跑向山顶——山顶上没有树,另一面又是悬崖绝壁。

母猪跑到了山顶,无路可逃了。我满以为它会顺着原路冲下来,做最后一搏,哪知它四肢一软,一堆烂泥一般,瘫倒在悬崖边上。

"它放弃抵抗,坐以待毙了?"我心里直嘀咕,"它是太累了?再累也不至于这种死法啊?"

两只狼扑上去,跪压在母猪身上,死死地咬住它的后腿和咽喉。

我不由地看向父亲，笑着说："真是蠢猪，哪怕做一次突围，也还有活的可能啊。"

父亲没有笑，眉头紧皱，喃喃地说："怎么会这样？怎么会这样呢……"

母猪差不多断气了，我示意父亲可以打狼了。父亲不动，依然若有所思。突然，在没有任何征兆的情况下，母猪以迅雷之势，一个就地翻滚，滚向悬崖。两只正洋洋得意的狼做梦也不会想到，猎物竟然会来这一手——它们根本没来得及反应，就随着母猪栽下了悬崖。

"啊!"我浑身一激灵，无法相信眼前的一切。

不知过了多久，我还在呆呆地站着，父亲却猛然冲到我面前，一把推开我。与此同时，一条蛇咬上了父亲的手背……

蛇被父亲打死了，是那种俗称"五步倒"的毒蛇。

我要背父亲下山。

"来不及了，不要难过。"父亲坐到山顶上，"我明白了，母猪为什么要那样做:只有两只狼死了，它的孩子才能安全。不然，即使今天能逃出，但狼不久又会找到它们，孩子们依然朝不保夕……"父亲干瘦的脸渐渐乌紫，"你，一定要找到……两头小猪，喂养它们，没了母亲……它们还活不了，不能让……母猪白死……"

我泪流满面，抱着父亲，狠狠地点头。

狼王之死

太阳像火一样在草原上燃烧。

只剩下七个成员的狼群才走出四五百米，就不得不又回到那条几近干涸的河里，喝浑浊的水，将身子浸泡在泥浆里。河里确实凉快多了，但饥饿越来越严重，它们不得不上岸。

这个旱季太长，太残酷，别说角马、斑马、瞪羚，就连一只兔子、老鼠也多日不见踪影。它们莫非死绝了？

群狼夹着纸一般的肚皮，踉跄着，张望着，再没了往日的凛凛威风，不可一世。四下里一片死寂，连一片草叶的颤动也没有。

半个小时后，群狼走出了两三百米，狼王轻叫一声。它是在提醒它的伙伴们，不能再走了，快回河里吧。然而就在它们转身往回走的时候，狼王又一声叫，极低，却充满了惊喜。与此同时，所有的狼也仿佛捕捉到了什么信息，几乎同时伏下身，睁圆眼，向着同一个方向看去。食物的味道宛若一针兴奋剂，使它们立即与刚才判若两"狼"。

前方二三十米处，一只瘦弱的瞪羚正向这边跌跌撞撞地走来。饥饿、干渴、疲乏，似乎让它神志不清，它只感知到不远处的前方有水，却完全疏忽了咫尺的前方就有猎食者。

在狼王的指挥下，群狼以瞪羚为中心点，匍匐而行，呈扇形散开。

瞪羚终于发现了危险，一声惊叫，掉头就跑。群狼也一声嗷叫,跃起追赶。瞪羚是草原的奔跑冠军,可狼的速度也总是猎物们的噩梦。逃生的欲望让瞪羚一扫刚才的颓相,求生的欲望让群狼宛如有了神助之力。

瞬间,草原活了。

狼是著名的毅力主义者,不达目的绝不罢休。十几分钟后,瞪羚倒下。

狼又是凶残主义者,不待瞪羚闭上眼,就撕开它的皮肉。

太阳比狼更凶残,不仅早将群狼身上的泥水烤干,而且眼看又要将它们的皮毛燃着。群狼才各自撕下一块瞪羚肉,狼王就一声叫,命令它们快点离开。它们急忙丢下瞪羚,一边吞吃着嘴里的肉,一边向河边走去。狼还是明智的,知道此时不能恋食,否则即使能吃饱,也会被太阳烤死在这里。

一群兀鹫,至少二十只,不知何时也得到了食讯,已虎视眈眈地立在一旁。群狼刚离开,兀鹫们就迫不及待围上来,尖利的喙猛啄起瞪羚肉,再狼吞虎咽。群狼急忙回过头,驱赶兀鹫——这些肉根本就不够填饱它们的肚子,哪还能让别人分享呢?兀鹫闪开。群狼再次转身离开,可还没走出几步,兀鹫们又一阵风似的冲上来。狼群再回来驱赶,兀鹫再闪开。狼群又要离开,兀鹫又立马扑上来……

如此几次,群狼受不住了。刚才追杀瞪羚几乎耗尽了它们的力气,更使它们的体温达到了极限,现在刻不容缓的问题是到水里降体温。但是,它们又实在舍不得这来之不易的,甚至直接决定了它们这个家族能否存在下去的食物,它们又做了最后一次努力:一起咬住瞪羚的四肢,向河边拖去,可是它们确实筋疲力尽了,还没拖出几步就不得不放弃。

难道真的要放弃这个家族赖以延续的唯一希望吗?

群狼你看看我，我看看你，又看了看面前的兀鹫和食物。

太阳正歇斯底里地爆发着。狼群再不能耗下去了。

狼王怒视着面前一只只若无其事的兀鹫，张开嘴想咆哮，又没有咆哮，而是慢慢地走到瞪羚的尸体旁，转过身，目光扫过一个个伙伴，发出几声低沉的叫——它是在要求它的伙伴们离开，让它一个留下来对付兀鹫。伙伴们当然明白，但是它们只报以一声叫，一个也不动。狼王向伙伴们怒目而视，再一声大叫。伙伴们低下头，还是一个也不动。狼王不叫了，转身伏在瞪羚的尸体上，闭上眼，它分明是在告诉它的伙伴们，我已经决定了，死也要死在这儿。伙伴们终于一步三回头地向河边走去。

现在，只剩下狼王了。兀鹫们仿佛觉得自己能够对付这只狼了，又一起冲上来。伙伴们赶紧驻足，回头观望，有两只还想转身回来。狼王又一声大叫，伙伴们只得继续向河边走去。狼王站到瞪羚身上，环视着四周的一只只兀鹫。兀鹫们"呱呱"叫着，无法得嘴。

天实在太热，兀鹫们也受不住了，但它们"人多势众"，兵分两路，轮流上阵：一队飞去喝水，另一队继续纠缠着狼王。一队喝水后回来继续纠缠狼王，另一队再去喝水。它们要拖垮狼王。

狼王仿佛明白了兀鹫们的险恶用心，更明白自己终将不是它们的对手，竟咬住瞪羚的脖子要叼走，可还没走出一步，四肢就一阵战栗，"扑"地栽倒。几次努力后，狼王又站了起来，咬住瞪羚的一条后腿想拖走，可还是失败了。它再咬，再拖，再失败。终于，"咚"一声，狼王倒在瞪羚身上，不动了。

兀鹫们立即意识到又多了一道美食，可就在它们一哄而上时，狼王的伙伴们回来了——它们的体力明显恢复了不少。

狼王用自己的生命换得了家族的延续。

鬣狗阿尔法

赛伦盖帝大草原的这个旱季,太热,太漫长,太残酷。

原本有三十多个成员的鬣狗家族,现在只剩下阿尔法和她的四个即将成年的小鬣狗了。母子几个夹着干瘪的肚子,游曳在如火的草原上。偶尔一阵风,却是窒息的热。

终于,一队角马奔腾而来。小鬣狗们急忙伏下身子,准备捕猎。阿尔法立即阻止了他们——他们还不知道,这种比自己体型大得多的动物,是不可轻易出击的,弄不好自己会被撞死、踢死、踩死。角马群停下来,啃食草根。阿尔法突然大叫一声,冲过去。角马们大骇,疯狂地四散逃开。

角马们太饿了,稍远离了阿尔法,又停下来啃食草根。阿尔法没有停,因为她和她的孩子们更饿。她在角马群里奔来跑去,左冲右撞。角马们只得不断地躲闪,他们不知道,敌人正在用这种方法测试他们——阿尔法通过角马们受惊时的反应和奔跑速度,来分析谁是残弱的,然后确定猎杀对象。

足足半个小时,阿尔法终于发现了一匹体弱的角马。角马们其实应该感谢鬣狗这类敌人,是他们在不断优化着自己的种群。于是,阿尔法的目标专一了起来,她如影随形地追击着这匹角马。这匹可怜的角马,只得拼命地奔跑。阿尔法呢?虽然速度并不逊色于这匹角马,但并没有立即猎杀他的意思,只偶尔在他的后腿上咬一口。

又半小时过去了，角马轰然倒下。阿尔法也瘫倒在地，大口大口地喘息。小鬣狗们蜂拥而上，扑到角马身上，粗暴地撕扯起他的皮肉。

突然，阿尔法一声大叫，跳起来。不远处，那只和他们经常相遇的雄狮正虎视眈眈地走来。鬣狗家族一直给人类一个坏印象，认为他们总是抢夺别人的猎物，殊不知，他们的猎物也常常受到狮子的抢夺，而且从来敢怒不敢言。发现了雄狮，小鬣狗们就要丢下猎物逃跑。阿尔法叫他们继续吃，然后站立一旁，高昂起头，向着雄狮发出威严的警告。雄狮毫无顾忌，迈着稳重的步伐，逼向阿尔法——在他的眼里，阿尔法实在算不了对手。

或许是为了避免无谓的冲突，或许是做贼心虚，也或许是不屑一顾，到了阿尔法面前，雄狮绕开了她，打算从旁侧接近猎物。阿尔法叫着，几次张牙舞爪地要冲过去，但不敢。眼看雄狮就接近猎物了，阿尔法猛然冲过去。可雄狮只是高傲地一摆头，阿尔法就尖叫着被摔出了几米开外。与此同时，小鬣狗们也四散逃开。

阿尔法艰难地爬起来，一瘸一拐地来到雄狮面前，歇斯底里地大叫。雄狮实在对她不屑于顾，连看也不愿看她一眼，只埋头大口大口地撕食着角马的肉。小鬣狗们围到母亲身边，你推我搡地也向着雄狮跃跃欲试。阿尔法走到他们面前，轻轻地抵了抵他们的头，又发出一声声凄凉的叫声。小鬣狗们似乎明白了母亲的意思，一步一回头地离开母亲，站到一旁。

阿尔法在距雄狮十米左右的地方突然冲过去，将毫无戒备的雄狮撞翻在地，自己也从雄狮身上一头栽到地上。雄狮愤怒了，翻转身，扑住阿尔法。阿尔法仰躺在地，四肢和嘴巴胡乱地攻击着雄狮。小鬣狗们急忙奔过来，围在一旁，瑟瑟而凄惨地叫着。

雄狮或许是自觉理亏吧，并没有为难阿尔法，只冲着她的脸吼叫几声，又回过头继续享用美味。

小鬣狗们簇拥着阿尔法，分明是要她离开，放弃食物。阿尔法不动，目光掠过一个个小鬣狗，然后发出一声凄厉的叫声。这一次，小鬣狗们再也不愿离开她，卫士一般，分立母亲两侧，直视着旁若无人撕食的雄狮。阿尔法的脸上现出了极度痛苦的表情，伸出舌头，一个个轻轻舔舐小鬣狗的脸。然后，头抵最大的小鬣狗的头，低叫几声。于是，在最大的小鬣狗的带领下，小鬣狗们又一次不情愿地离开母亲，退立一旁。

雄狮仿佛有所戒备，就在阿尔法再次冲过来的时候，他猛然起身直冲向阿尔法。阿尔法并不躲闪，而是就势伏下，咬住雄狮的一条后腿。雄狮咆哮着，翻转身来，"咔嚓"一声，雄狮咬断了阿尔法一条后腿。阿尔法没有叫，任凭雄狮疯狂地撕咬和抓摔，只死死地咬着它的那条腿，不放开。

那边，小鬣狗们拖起角马，拼命地向一旁的河流跑去。

雄狮无法摔掉阿尔法，只得拖着她向河边追去。可是，等他到了河边，小鬣狗们已拖着猎物跳进了河里。这只不会游泳的雄狮彻底愤怒了，回转身，一口咬断阿尔法的脖子。

杀 鹅

刚刚还晴空万里，突然就乌云密布，狂风肆虐。

奶奶说："快回家关门窗，今天小乌龙探母。"我问什么是小乌龙探母。奶奶说："小乌龙犯了天条，被玉帝杀了，他妈妈就天天哭。玉帝感动了，让神仙救活了小乌龙。可小乌龙刚活过来，他妈妈就因伤心过度死了。后来，小乌龙就在每年五月二十五——妈妈祭日这一天，从天上下来探母，也是祭母。他每次来，都飞奔着，流着泪，所以风大雨大。"

奶奶说着，我们就到了小林家院外。忽然，一阵狂风刮来。"坏了，小乌龙来了……"奶奶话音未落，小林家屋顶的草就被"呼"的一声卷向了空中。

"小乌龙啊，你瞎了眼，你怎么卷了她家的房子啊……"奶奶边叫边跑向小林家院子。

小林妈正双手扶着门，颤巍巍地往外走。奶奶一把扶住她："桂花桂花，你别动！"

小林妈的头耷拉在奶奶怀里，喘着粗气，泪水"哗哗"流着："婶啊，我做了什么恶事吗？往后，我的小林住哪里啊？"

"桂花你放心，有大伙在，就有小林——不，就有你娘俩住的地方。"奶奶揽着小林妈，来到院子里的牛棚里。

雨噼噼啪啪地下起来。

奶奶给小林妈找来一件破袄子，披到她身上，就站在院门口，大叫："都过来啊快过来，桂花家的房子，被小乌龙抓了……"

很快，男男女女都跑来了。男人们有的扛来梯子，有的抱来稻草。女人们有的到屋里抢搬衣被、粮食，有的蹲在小林妈身旁，安抚着她。

雨稍微小了一些，男人们就爬上屋顶修房子。小林妈坐在小板凳上，要我把院子里那只正领着几只小鹅的母鹅抓给她。我照做。她接过鹅，一手揽着鹅身，一手捉着鹅头，轻轻摩挲着自己的脸。好一会儿，小林妈喊来我奶奶，说："婶，你把它杀了吧。"

奶奶大惊:"桂花,你糊涂了吗? 你就这一只鹅,小鹅还靠着它带呢。"

"婶,大伙儿给我修房子,还自己带草来,我过意不去呀。"小林妈喘着粗气说,"婶啊,以后小林就靠大家了,就当我提前感谢大家吧……"

奶奶想了想,噙着泪点了头,拿出一个碗,放了水和盐,拿起菜刀……

约莫半分钟,奶奶叫我把放了血的鹅翅膀编起来,就进了厨房烧水。小林从外面跑回来,他先是惊喜地叫一句:"我家杀鹅啦!"接着抓住我的手说,"别编,让它跑,让它挣,才好玩呢。"小林说着就把鹅从我手里放了出去。

那只鹅果然如小林所说,一放到地上就站了起来,昂头四下张望,双脚沉重地迈着。几只小鹅正躲在墙角处,一看母亲回来了,就"唧唧"叫着跑过来。母鹅迎向小鹅,叫着——但没有声音,只有刀口处鼓出一团团血泡。小鹅们一定不知道发生了什么,和平常一样,围在母亲身旁。一只小鹅衔着一片白菜叶,努力甩着头想将其撕碎吞下,但都失败了。母鹅见了,刚抬起一只脚要迈过去,却浑身一抖,于是赶紧收脚站住。小鹅将菜叶衔到母鹅跟前求助,母鹅颤巍巍地想低下头,却一头栽倒。

小林高兴起来了:"它马上就要蹦得老高呢。"

雨又下了起来,雨点很大,砸在地上"啪啪"作响。小鹅们纷纷挤向母鹅。母鹅伏在地上,耷拉着头,喙尖点地,努力展开两只翅膀。小鹅们"唧唧"地叫着躲进母鹅的翅膀里。雨点越来越大,有一只小鹅却怎么也钻不进母鹅翅膀里,只焦急地叫着——母鹅无法将翅膀自如展开了。

或许是小鹅的叫声唤醒了母鹅,它努力睁开眼,艰难地抬起头,伸着长长的脖子,慢慢地,慢镜头一般,将那只六神无主的小鹅揽到翅膀下。然后,头耷拉在翅膀上,不动了……

好一会儿,小林疑惑地说:"咦?它怎么还不蹦呢?"又一会儿,小林忍不住抓起鹅头,这才发现它早已死了。小林摇摇头:"真奇怪,看它,一点儿也不像死的样子……"

小林妈不知何时走了过来,颤巍巍地坐下,一手抱住母鹅,一手揽着小林,哭了……

夜里,小林妈死了,癌症。

第二天,我问奶奶:"昨天,小林妈为什么抱着小林和母鹅哭?"

奶奶叹着气说:"都是娘啊。"见我疑惑,奶奶又说,"神仙如小乌龙的娘,因儿子伤心而死;畜生如那只鹅,临死也要给小鹅遮风挡雨;人呢?你看小林妈,死前,处处不放心的,都是小林啊……"

狮王恩怨

一番厮杀后,麦鲁克战胜了老狮王,成了这片草原的新一代霸主。

雌狮们纷纷跑过来,大献殷勤。麦鲁克不为所动,迎着朝阳,昂首站立,四下张望。他在寻找幼狮,他要大开杀戒,他不能让老狮王的血脉流淌在他的王国里。

午后,麦鲁克做完了他要做的一切,走进雌狮们中间。

麦鲁克正享受着雌狮们的朝拜，忽然一激灵，抬头，侧耳，注目，嗅鼻。他似乎得到了什么气息。麦鲁克起身，抛下热情的雌狮们，向领地的边缘走去。

麦鲁克的感觉没有错，这儿有一只尚未成年的雄狮——老狮王的儿子费尔斯塔。早晨，当麦鲁克打败了它的父亲，这只正处在青春期的雄狮就觉得情况不妙，趁着麦鲁克寻杀幼狮的时机，悄悄地逃走。可是，因为在上个星期的一次捕猎中受了伤，费尔斯塔刚走到领地的边缘，就再也走不动了。

费尔斯塔也发现了麦鲁克，他知道来者不善，但他毕竟即将成年，并没有像他的那些已经被捕杀的弟弟妹妹那样试图躲藏或逃跑，而是努力地站起来，昂头，摆头，极力想竖起头上那象征雄狮力量和威严的鬃毛——虽然那鬃毛还短得不足以给他力量和威严。麦鲁克显然对此不屑一顾，他面若冰霜，步履稳健，径直走向费尔斯塔。

费尔斯塔在微微地颤抖，但双目圆瞪，直视着麦鲁克。还有十米左右，麦鲁克猛一摆头，张开大嘴，冲向费尔斯塔。费尔斯塔呢？没有动，依然直视着麦鲁克。就在麦鲁克离自己只剩下两三米远的时候，费尔斯塔身子一振，对着麦鲁克"嗷——"一声嚎叫。麦鲁克大惊，急忙收住脚步，站定，发现费尔斯塔的眼里就要喷出浓烈的火焰。麦鲁克不由后退几步。

好一会儿，见没什么异常，麦鲁克才试探性地对着费尔斯塔叫一声。费尔斯塔依旧立定，目光如火，回一声嚎叫。麦鲁克再叫，费尔斯塔再回以叫……第四声的时候，费尔斯塔再也叫不出先前的气势了，四肢也明显颤抖起来。费尔斯塔太虚弱了。

麦鲁克分明觉察到费尔斯塔的空虚，昂首阔步，再次走向他。费尔斯塔想故伎重演，可才张开嘴就轰然倒地。

或许是费尔斯塔的勇敢震慑了麦鲁克，也或许是麦鲁克内心的慈悯被激活，总之，面对毫无反抗之力的费尔斯塔，麦鲁克竟然收起满脸的骄傲和威严，低头，伸舌，舔舐起费尔斯塔的伤口……

费尔斯塔捡了一条命。

接下来，麦鲁克竟然出人意料地帮助费尔斯塔养伤，而且在费尔斯塔伤好后也毫无让他离去之意。如此对待一只即将成年又非自己血脉的雄狮，在狮王世界里，绝对罕见。

一年后，费尔斯塔长成了一只真正的雄狮。

那天，麦鲁克正与一只雌狮戏耍，费尔斯塔猛然冲上去，一头掀翻麦鲁克。麦鲁克站起身，看一眼费尔斯塔，并不吃惊——他仿佛早已知道会有这一天。

费尔斯塔像一年前麦鲁克战胜他的父亲一样，不几个回合就打得麦鲁克开始逃跑。

小山坡上，费尔斯塔昂首傲立，长长的鬃毛迎风舞动。眼看麦鲁克就要逃出这片领地了，费尔斯塔一激灵，旋即一声大叫，冲下山坡，追向麦鲁克。

在领地的边缘外，费尔斯塔追上了麦鲁克。然而，费尔斯塔并没有撕咬麦鲁克，而是走到麦鲁克面前，低声叫唤。麦鲁克不理睬，低头，闪身，继续向前——动物世界的规则总是这么严密，战败者从没有资格在胜利者面前抬起头。费尔斯塔又上前拦住麦鲁克，低叫着，轻轻舔舐他伤痕累累的脸。

费尔斯塔在挽留麦鲁克。

麦鲁克拗不过费尔斯塔，不再逃跑，却怎么也不肯跟费尔斯塔回去。

一群角马来了，费尔斯塔亲自出击。

很快，费尔斯塔拖来一匹角马，送到麦鲁克面前。他是在感激一年前麦鲁克的不杀之恩吗？可是,对于一个战败的狮王来说,苟活显然是最没有面子和尊严的事——任凭费尔斯塔如何盛情相劝,麦鲁克就是不吃。

麦鲁克死了,是饿死的。

鬣狗们很快捕捉了麦鲁克的死讯,异常兴奋地跑过来——就是这个狮王,一年来,坏了他们多少好事,杀害了他们多少同胞。现在,报仇的机会来了。

鬣狗们没想到,就在他们冲上去要撕食麦鲁克尸体的时候,猛然一声嚎叫,一只雄狮冲了出来……

就这样,费尔斯塔守在麦鲁克的尸体旁,直到他被细菌完全分解,鬣狗们也没能吃上一口。

天鹅优雅

一夜无眠。

天才蒙蒙亮,我就起床,穿上厚厚的羽绒服,走出门外。这一夜,阴冷多日的天,终于下了雪。细细的雪粒,落在已是一片白的地上,一踩上,就"沙沙"响。

顺着河岸,我漫无目的地走着,头脑里还在思考那个折磨了我好几天的问题:阿能的困难,我可以帮,也应该帮。没有他当年的鼎力相助,就没有我今天的一切。但是,一旦我将钱借给他,他的病还是治不好,我的钱找谁要去？手机又响了,不用看,又是阿能打来的——这一夜,他打了无数次。我照例不接,我实在不知道对他说什么。

河面竟然结了冰，往日缓缓流淌的水，已是一片寂静的白，连一丝痕迹都没有。我真的希望自己的心也能这样白，白得毫无杂质，可是我说服不了自己。

耳里传来"嘎嘎嘎"的声音，循声望去，离我十几米的河面上，一只野鸭，身上已被冰雪裹覆，只有黑色的头颈在艰难地摆动。它为什么不上岸？它不冷吗？定睛细看，它的两只腿被冻结在冰里。我明白了，一定是它夜里或更早前，在冰面上仅仅因为抬脚慢了一下子，就成了这个样子。我想过去解救它，可一踏上河冰，就"咔咔"响。河冰还没有冻结到承受一个人的程度。

我退到一棵树下，无能为力地望着这只可怜的野鸭。我知道，随着雪的越来越大和气温的越来越低，用不了多久，就会把它冻死。

头顶似乎有什么响动，抬头一看，一群天鹅，伸着长长的脖子，缓缓而优雅地飞来。飞过去了，领头的天鹅却"欧"一声叫，转身飞了回来。一群天鹅也跟着飞了回来。天鹅们在野鸭的上空盘旋着，越飞越低，直至轻轻落到冰面上。收起硕大的翅膀，天鹅们"欧欧"地叫着，迈着优雅的步子，向野鸭围拢来。

我暗叫不好。我看过赵忠祥的《动物世界》，天鹅和野鸭是一对天生冤家。它们都在江河湖泊边的浅水、滩涂区觅食，也不知道是高贵优雅的天鹅看不起黑不溜秋的野鸭，还是野鸭嫉妒天鹅的优雅美丽，双方常常发生争执、吵闹，甚至打架。尤其是野鸭，从来不讲规矩，没有素质，往往天鹅们正在安静、悠闲地觅食或休息，它们却扑腾腾跑来，"嘎嘎嘎"大声乱叫，强盗一般横冲直撞。"秀才遇到兵，有理说不清"。天鹅遇上野鸭，只能无奈地飞走。

现在，天鹅们终于有了报仇雪恨的机会，它们能放弃吗？

天鹅们围着野鸭，迈着优雅的步子。这优雅的步子，在此时的野鸭眼里，一定恐怖至极。它左右摆动全身唯一可以动弹的头颈，"嘎嘎嘎"地大叫，虽然气势吓人，却无法掩盖它内心的恐惧——或许，它也在为自己和同类曾经的欺人太甚而懊悔不已吧。

不出所料，领头的天鹅突然伸出那坚硬的喙，啄击野鸭的身子，其他天鹅也一哄而上。野鸭先是歇斯底里大叫着，胡乱还击着，可很快就紧缩头颈，一动不动，除了"嘎嘎"惨叫。仇恨真的是魔鬼！谁会想到，这群举止优雅的家伙，复起仇来也如此疯狂和丑恶。

我看不下去了，低头想寻找石头或树枝来驱赶这群倚强凌弱、落井下石的天鹅，却忽然觉得野鸭的叫声不再那么恐惧和凄惨，而是似乎有那么些享受的成分。一看，天鹅们已停止了啄击，野鸭也已扇动翅膀了。天鹅们刚才并不是在报复野鸭，而是在帮它除冰。

野鸭兴奋地扇动几下翅膀后，就想走，可是腿还在冰冻里，动不了。天鹅们上前，用长脖子想拉它上来，却毫无作用。

雪越下越大，野鸭刚刚的兴奋劲没了，重又焦急地叫起来。天鹅们一改优雅的步子，围着野鸭慌乱地叫着，走着。好一会儿，领头的天鹅停下来，用喙狠狠啄击野鸭身下的冰。其他天鹅也停下来，围成一圈，啄击冰。

冰太厚太坚硬，天鹅们啄了好一会儿，都没有任何松裂的迹象。天鹅们不放弃，不停地啄，越啄越用力，越啄越专注。

领头的天鹅的喙已经渗出了血，但只是摆摆头，继续专注地啄击……

终于，冰开了，野鸭出来了。天鹅们这才抬起头，它们的喙上，都布满了淋漓的鲜血。它们的身姿重又优雅起来，翅膀轻轻一展，长脖子缓缓一伸，"欧"一声，飞上了天空。

飞过我头顶时，一滴天鹅的血落在我的脸上，我来不及擦去，掏出手机，给阿能打电话。

陷落的狮子

足足两个小时，母狮克丝塔尔才带着她的小狮子跌跌撞撞地跑出那片草原。严格地说，克丝塔尔将小狮子带出了死亡。

两个小时前，当一只外来的年轻雄狮打败老狮王后，第一次做母亲的克丝塔尔天真地带着她的三只小狮子跑上去朝贺。不料，新狮王却扑上一只小狮子，一口咬断他的咽喉，接着又向另一只小狮子扑去。克丝塔尔吼叫着冲上去，却被新狮王撞出几米开外，一条前腿严重受伤不说，小狮子还是被叼在了新狮王嘴里。

克丝塔尔艰难地爬起来，带着唯一的小狮子，一瘸一拐地向领地外跑去。好在新狮王刚追出几步就发现了另一只雌狮的两只小狮子，放过了他们。

克丝塔尔实在跑不动了，想停下来，但小狮子还在拼命地、踉踉跄跄地跑着。可怜的才八个月大、断奶不久的小狮子，虽然也早已筋疲力尽，但又分明被吓破了胆，只知道一个劲地逃跑。克丝塔尔只得跟着小狮子跑，直到母子俩双双瘫倒在地上。

此时，草原上的太阳正在发疯，似乎要把所有的热量都聚集到这母子俩身上。

克丝塔尔醒来的时候，小狮子也刚刚醒来，但还处在惊魂未定的状态。克丝塔尔舔了舔干裂的嘴唇，爬起来，可那条伤腿刚一着地，就疼得急忙收了回去。克丝塔尔只得凭着三条腿，蹦跳到小狮子面前，头抵着小狮子的头，低声哼叫着，轻轻舔舐它的体毛。好一会儿，小狮子平静了，艰难地站起来。克丝塔尔这才发现，不知什么时候，小狮子也伤了一条腿。

几天后，饥渴交加的母子俩终于一瘸一拐地来到一口水塘边，但对于正处在一年中最旱季节的草原来说，水塘只是过去时或未来时——这儿连一滴水也看不见。凭着经验，克丝塔尔带着小狮子走向水塘的中央，那里，即使没有水，也应该有泥巴，说不定还会有一两条被困在泥巴里的鱼。

真是天上掉了馅饼，一头水牛，陷在水塘中央的泥淖里，只有头和脊背露在外面，动弹不得，除了偶尔尾巴有气无力地摇一下。小狮子立即跳着跑过去，克丝塔尔急忙拦住他，制止了他的冒失——这里，看上去是干的，可一旦踩上就有陷下去的危险。

克丝塔尔小心地向水牛接近，每一步，都要停一下，看看是否会陷下去。谢天谢地，水塘实在太干了，克丝塔尔再有四五步就能咬上水牛的尾巴了。可就在这时，克丝塔尔脚下一沉，那条健康的前腿陷进了泥淖。克丝塔尔急忙伏下身，也顾不上伤腿的疼痛，好不容易才挣扎出来。

克丝塔尔又试图跳到水牛身上，可那条伤腿再也不允许他这么做。她又试图从其他方向接近水牛，结果全是徒劳。

现在，母子俩就站在水牛一米左右的地方，却只能眼巴巴地看着。

太阳还在发疯，只把一个个火球抛撒到草原上，抛撒在母子俩身上。

　　一群秃鹫落在水牛身上，哪管水牛还在凄惨地嗥叫，啄开它的皮，吞咽它的血肉。

　　血腥，让小狮子终于忍不住了，趁克丝塔尔不注意，蹿上前就要跳过去，可刚一起跳，那条受伤的前腿就让他一头栽在泥淖里。克丝塔尔赶紧叼起他。

　　秃鹫们吃饱了，站在水牛身上，悠闲地梳理着羽毛。母子俩蹲伏一旁，将嘴埋在一个刚刨开的洞里，享受那湿泥巴的清凉。

　　一只猎豹突然冲来，赶走了秃鹫，跃在水牛身上，津津有味地享受起鲜美的牛肉。

　　克丝塔尔艰难地站起来，努力抖了抖身子，对着猎豹大叫，想吓走猎豹。但向来害怕狮子的猎豹，仿佛已看透了克丝塔尔，毫不理睬，若无其事地享受着美味。

　　小狮子已不再满足那湿泥巴的清凉，颤巍巍地站到克丝塔尔面前，愤怒地抓着他的头脸，发着微弱的叫声。他是在抱怨母亲的无能吗？

　　克丝塔尔看了看近在咫尺的食物，对着小狮子一番低声咕噜，又一番轻轻舔舐，突然扑向水牛，死死地咬住水牛的尾巴。与此同时，克丝塔尔的四肢也陷进了泥淖。

　　小狮子短暂的愣神后，踩着母亲的身子，慢慢爬到水牛身上……

　　等小狮子吃饱又走出来的时候，克丝塔尔只有脊背和头露在外面，嘴巴却仍然死死地咬着水牛的尾巴。

　　——克丝塔尔用自己的肉体和生命，为濒死的孩子架设了一条通向生的桥梁。

想要有个家

鬣狗柯琳达家庭的二十多个成员,除了她和她五个月大的孩子安妮尔,都死在了盗猎者的枪口下。这对于群居生活的柯琳达来说,要想活下来,并且养活她的孩子,谈何容易!

最初几天,柯琳达带着安妮尔碰运气一般试图融入其他鬣狗家庭,但还没有踏进人家的领地,就被人家疯狂地追了出来。人家当然不会接纳她,这是他们与生俱来的本性:任何鬣狗家族为了基因的纯洁性,即便是水草丰美的时候,也不会接纳一个外来者,何况是现在这种僧多粥少、"死亡之季"的旱季? 不仅如此,当对方发现柯琳达是"孤家寡人"时,就毫不犹豫地瓜分了她的领地。柯琳达又成了"丧家犬",只能带着安妮尔穿梭于各个鬣狗群。

柯琳达又试图单枪匹马地捕食,可是论体力,她不如斑马、疣猪、角马和野牛;论速度,她不如瞪羚、麋鹿和兔子。她常常奔跑了老半天也一无所获,甚至几次差点死在猎物的坚蹄、獠牙或利角之下。她又试图从狮子、猎豹的口里抢食。这一点,曾经是它们家庭的强项,可是现在,她却一次次灰溜溜地败下阵来。

两周来,唯一让柯琳达尝到食物味道的是偶尔几只倒霉的草鼠。但随着干旱的深入,草鼠钻进了地下最深处。柯琳达的处境愈发艰险:骨瘦如柴,肋骨突兀,如拱曲的搓衣板,尾巴也脱光了毛,宛如一串由大小不一的珠子穿成的念珠。

柯琳达必须找到家,否则,等待她和孩子的,只有死亡。

柯琳达选定了一个与自己曾经的家庭有过联系的、住在一棵大凤凰树下的鬣狗家庭。

柯琳达不再像先前那样抱着碰运气的心理,而是死缠硬磨。她伏下身,凄惨地低叫着,爬进"凤凰家庭"。"凤凰家庭"却不念旧情,冲上来就撕咬她。柯琳达大概想到了"哀兵必胜"的话,不反抗,也不逃跑,只凄惨地叫。"凤凰家庭"毫无恻隐之心,继续攻击她,直到她不得不爬走。

夜幕降临,柯琳达母子伏在"凤凰家庭"的边缘,哀号着——她依然在使用她的哀兵策略。

天亮了,太阳还没有完全冲出地平线,草原的气温就骤然上升。

柯琳达的策略依然没有奏效,只得来到一里外那条即将干涸的河里喝水。河边,一只瘦得皮包骨的瞪羚也在喝水。柯琳达立即打起精神,发起进攻。

谢天谢地,这只瞪羚太虚弱,几分钟后,柯琳达用尽了最后一丝力气扑倒了他。可就在这时,"凤凰家庭"来了,霸道地抢走了瞪羚。柯琳达能怎么办?她只能无奈地退出这顿还没有尝到味道的盛宴。

又一天过去了,柯琳达还在使用她那毫无效果的哀兵策略——她别无选择。这一天里,柯琳达更加认识到了家的好处:因为有了那只瞪羚垫底,"凤凰家庭"竟然又捕获了一匹角马和一头疣猪。现在,他们不仅吃饱了,还剩了一些没有啃净的蹄骨,可就是不让柯琳达靠近一步。

或许是饿得神志不清了,安妮尔竟然飘飘忽忽地走向"凤凰家庭"。柯琳达发现的时候,安妮尔已经被"凤凰家庭"团团

全民微阅读系列

围住。

对待安妮尔，"凤凰家庭"没有像对待他的母亲那样不管三七二十一就攻击，而是在他身上嗅了嗅——莫非他们担心这会不会是他们曾经丢失的孩子？然而等他们判断出这与自己绝无血缘关系的时候，立即露出了狰狞的面孔——这些家伙，虽然对自家的孩子柔情似水，对别的孩子却是屠夫。

安妮尔毫无反应，急切地啃起一个角马的蹄骨。"凤凰家庭"的一只鬣狗发怒了，一头拱翻他。可怜的安妮尔一声惨叫，但很快又艰难地爬起来，"唧唧"叫着，四下寻找那个蹄骨。又有一只鬣狗发怒了，对着他的脖颈，张开大嘴……

安妮尔凄惨的叫声，引来了"凤凰家庭"的四只小鬣狗。他们并不知道这个"同龄人"正在遭受痛苦和危险，围上他，和他玩起来。安妮尔仿佛一下子忘记了饥饿和疼痛，高兴地挣扎着想融入其中。"凤凰家庭"那些大张嘴巴的鬣狗们愣住了，不由地闭了嘴，默默地退到一边。

当安妮尔见到一块骨头并大肆啃食的时候，"凤凰家庭"的小鬣狗们仿佛突然明白了什么，纷纷找来骨头，送到他的面前……

就这样，"凤凰家庭"接纳了小鬣狗安妮尔，并最终接纳了他的母亲柯琳达。

向生而死

一年中最干旱的季节。

非洲东部，塞伦盖蒂大草原。

往日黑压压的食草动物都逐草而去了，只剩下食肉动物坚守在自己的领地上，碰运气一般，等待着某些倒霉的猎物撞进来。

动物学家汤姆·杰克博士的实验就在这种情况下进行的。

汤姆·杰克博士和他的助手，将一匹完全由人工养大的健壮的角马投进一个饥肠辘辘的非洲野犬家族的领地。博士要看看，生死面前，双方如何斗智斗勇。

这个野犬家族，一周前还有近三十只成员，现在只剩下了一半。它们一个个肋骨凸现，瘦弱不堪，再没有食物，谁也难逃死神的魔爪。

一见到角马，野犬们一改多日的疲相，像注入兴奋剂，猛扑过去。

非洲野犬的经验里，每当它们扑向猎物时，猎物就会惊叫着疯狂逃命。然而这是一匹没有见过"世面"的角马，它的词典里还没有"天敌"这个概念，何况从体型上来看，它一个就撑得上这群野犬的总和。它根本没将野犬们放在眼里，甚至只觉得这是一场好玩的游戏。

野犬们显然没见过这种情景，在距离角马十几米的地方紧急收住脚步，但仅仅是几秒钟，又同时扑上去。极度的饥饿，让它们别无选择。角马很快明白来者不善，抢角，踢腿，跳跃。野犬们败下阵来。

野犬们当然不放弃，可一次次进攻却一次次失败——它们总是咬不到角马的咽喉。

通过望远镜，汤姆·杰克博士发现了其中的奥秘：非洲野犬之所以能常常捕获角马，是因为它们总能轻易地扼住角马的咽喉；而扼住角马咽喉的原因是角马每每见了它们就没命地逃跑，一逃跑就昂起头，一昂头就暴露出咽喉，从而给了它们机会。可这匹角马因为没见过"世面"，不害怕，不逃跑，还总是低头吃草或抢角示威，所以它的咽喉一直不自觉地处在受保护状态。如此情况下，野犬当然无法得嘴。从这个意义上来说，角马得益于它的无知和无畏。

野犬们不得不停止进攻，围着角马，气喘吁吁，眼巴巴地看着它气定神闲地啃食草根。

几只羸弱的小野犬飘飘忽忽地走来，它们实在饿得受不了，不然绝不会冒着被狮、豹猎杀的危险离开藏身的洞穴。小野犬们来到成年野犬面前，对着它们的嘴，"叽叽"直叫。成年野犬们大张着嘴，努力地呕着，希望能从胃里、嘴里反吐出食物，喂给孩子，可全是徒劳。小野犬们又钻进母犬的腿下，咬着干瘪的奶头，使劲地吸，但连奶水的味道也没有了。绝望，让小野犬们颓然倒下，气息奄奄。

野犬们相互低叫一声，打起精神，准备再次向角马进攻。一只老野犬——这个大家庭的家长，大叫着制止了它们。

老野犬的目光缓缓扫过每一个家庭成员，最后落在一只体型最大的雄野犬身上。老野犬走过去，头抵雄野犬的头，"咕噜噜"低叫，如窃窃私语。雄野犬愣了愣，如思考，接着回叫几声，低着头,走向一旁。

老野犬又走到另一只野犬面前,头抵头,低叫着,似乎在求它什么。这只野犬同样回以几声叫,默默走开。

老野犬一个一个地走去,一个一个地抵头低叫,如一个喋喋不休的老妇人。但谁也不理它,谁都躲着它。它无奈地蹲坐于地,看向远方,浑浊的眼睛,一片空洞。

一只小野犬发出几声细弱的叫声后,轻蹬几下腿,不动了——死了。

老野犬在小野犬的尸体上嗅了又嗅,突然暴躁起来,对着众野犬愤怒又哀怨地大叫。

众野犬终于相互低叫几声,又对着老野犬几声低叫。老野犬仿佛心领神会,走向角马。

老野犬离角马还有五六米的时候,众野犬猛然尖叫着扑向它,掀翻它,凶残地撕咬它。老野犬不反抗,只对着角马发出毛骨悚然的惨叫。

角马惊住了——它从没见过如此血腥的屠杀。

老野犬依然毫不反抗,只对着角马拼命地惨叫。

角马不由地后退几步——屠杀的场面实在可怕。

突然,野犬们丢下老野犬,猛然冲向角马。角马大惊,拔腿就跑……

——仅仅两分钟,野犬们就扼住了角马的咽喉。

等汤姆·杰克博士的助手回过神来要去解救他们的宝贝角马时,博士却阻止了他,颤抖着说:"让它们吃吧,为了向生而死的老野犬——用自己的生命,激起对手的恐惧,赢得家族的生存,老野犬了不起……"

小母豹复仇记

小母豹索菲娅终于等来了机会。那只少了半块耳朵的母狒狒,在消失了三天后,重又出现。很显然,母狒狒实在衰老了,蹲坐在一个树丫上,虽然想努力保持警惕,但那微微颤抖的身子还是让她的上下眼皮不时地闭合到一起。

大雪初歇,树林里寒气彻骨。索菲娅扫一眼四周,进攻的规划图立即在头脑中形成。她潜伏到母狒狒身后不到一丈远的树枝上——现在,她只需要一个跳跃,两年多来的仇恨就洗雪了。

两年前的那个秋天,索菲娅高龄的母亲一胎生了三只幼崽,可就在不久后的那个雪天,一群狒狒来了。索菲娅的母亲看到,那只走在最前面、样子最凶、缺少半块耳朵的母狒狒,正是几年前侥幸从自己尖牙利爪中逃掉的那只小狒狒。一番激战,复仇者被打退了。然而,两天后,就在索菲娅的母亲顶风冒雪四处寻找新住处以摆脱复仇者的时候,狒狒们又来了。当时,躲在树枝后的索菲娅亲眼看到,她的哥哥在一群狒狒的蹂躏下转眼成了雪地上的一摊肉泥,它的妹妹更是被半只耳母狒狒抓着两条后腿活生生地撕开。好在,就在索菲娅被复仇者发现并即将难逃一死的时候,母亲回来了,解救了她。

去年冬,又是一个雪天,索菲娅的母亲终因衰老而战死于半只耳母狒狒之手,死在索菲娅眼前。那时候,索菲娅在强忍悲愤逃跑的同时或许就想到了今天,想到今天自己的复仇。

索菲娅做好了一切进攻的准备，她还没有真正成年，也没有进攻过如此大的猎物。自从母亲死后，索菲娅就满怀仇恨，只身在这片树林里，四处躲避，昼伏夜行，以地鼠为食，苟且偷生，悄悄长大。几天前，就在索菲娅觉得半只耳母狒狒已然衰老，自己有实力战胜她的时候，她却消失了。那时候，沮丧和失望布满了索菲娅的脸。现在作孽者回来了，回来承担她应该承担的责任。

索菲娅丝毫不敢掉以轻心，她要把困难想到最大，把过程想到最复杂。索菲娅真是多虑了——半只耳母狒狒虽然在索菲娅跃起时就分明感觉到了，却没有立即逃跑，而是低头看了看身下之后才开始逃。索菲娅当然不会给她机会，迅速扼住了她的咽喉。

半只耳母狒狒实在太老了，连挣扎时双腿的踢蹬都软绵绵的。

索菲娅将半只耳母狒狒的尸体拖上树，虽然很饿，却没有立即开吃，而是静静地伏在一旁，看着仇敌的尸体——折磨她一千多个日夜的仇恨定然烟消云散了。

半只耳母狒狒的两条后腿突然动了动，索菲娅张开大嘴扑上去，就要掐咬，却立即静住——那儿正探出一个黑色的小脑袋，是一只小狒狒。原来，半只耳母狒狒老得错过了正常产仔的季节，以致这些天躲到什么地方去产仔并且失了群。索菲娅张着嘴，愣着，她应该明白了，半只耳母狒狒受袭时之所以反应迟缓甚至连挣扎都无力，只是为了保护她腿下的幼崽。

小狒狒从母亲的双腿间爬出来，全然不知道她才出生几天就成了孤儿，更不知道眼前这个大张血盆之口的庞然大物就是使自己成为孤儿的罪魁祸首。她饿了，颤巍巍地咬住母亲的奶头，吮吸着。他不会明白，仅仅半个小时，他怎么就吸不到奶水了。他很生气，唧唧叫着，抓打母亲的肚子，发泄对母亲的怨恨。转而，他咬上母亲的另一只奶，依然没有奶水。天太冷，他顾不上生气，他得赶紧回到母亲温暖的两腿间。他同样不会明白，这一次，母亲的腿为什么没有向他自动打开，并且还是僵的，冷的。他怎么也钻不进去。

小狒狒只得伏在母亲的腿边，瑟瑟颤抖，凄凄叫唤，两只小眼睛无力地转动着，好奇地打量着面前的庞然大物。索菲娅早已合上了血盆大口，看着小狒狒。

小狒狒竟然颤巍巍地爬向索菲娅，每一步都十分艰难，每一步之后都抬头漠漠地注视一会儿索菲娅。索菲娅呆呆站着，眼中充满疑惑：这个小东西怎么就不怕自己？怎么还主动送向自己？

小狒狒径直爬到索菲娅腿下，抓住索菲娅腹下的毛，一口咬上一只还没成熟的奶头。索菲娅猛受刺激，站起，叼起小狒狒，满脸的惊慌和无助——她还没做过母亲，还不懂如何应对这个向她讨奶吃的小东西。她放下小狒狒，伏下身，轻柔地舔舐他愈加颤抖的身体……

这一夜，小母豹索菲娅将小狒狒放在自己的后腿间，还不时回头舔舐他。可是，她实在缺乏经验，第二天早晨，小狒狒还是死了。

饥肠辘辘的索菲娅在小狒狒尸体前默默注视了很久，舔舐了很久，才在雪地里刨了一个大坑，将小狒狒和他母亲半只耳母狒狒的尸体一起埋了。

此时，小母豹索菲娅的心里，究竟如何看待她与小狒狒这两个家庭间的仇恨以及她的这一次复仇？

宿　敌

对于塞伦盖蒂草原上的食草动物来说，鬣狗和狮子永远都是它们的梦魇。好在这两者并非铁杆盟友，矛盾、冲突、厮杀，也时常在它们之间上演。

鬣狗布莉布卡有一只即将成年的小鬣狗，刚刚才能协助她捕食。雌狮特尔吉的幼狮才半岁大，完全依赖妈妈生存。这两个母亲，也不知道是因为犯了什么错误而被各自家族赶出了家门，还是他们的家族因为久旱的灾难只活下了他们。总之，这片草原上的鬣狗和狮子，只有这两对母子。也不知道从什么时候开始，什么原因，这两对母子便处于水火不相容的境地。

那是一个酷热的午后，鬣狗布莉布卡母子费了九牛之力才抓了一只小角马。可是，还未等他们开吃，特尔吉就领着幼狮来了。布莉布卡尖叫着，想赶走特尔吉，但特尔吉一声咆哮，蹿上来，一头将其掀翻在地。于是，付出艰辛劳动的布莉布卡母子，凄叫着，站立一旁，成了不劳而获的特尔吉母子享受美餐的看客。

一周后，布莉布卡母子共同追杀一匹斑马。斑马速度快，性情暴烈，母子俩追击了近半个小时，也没能抓住。到了一条河边，小鬣狗自作聪明，从侧面包抄斑马。哪知无路可逃的斑马突然转身，奔向全力冲过来的小鬣狗。小鬣狗躲闪不及，"咔嚓"！肋骨被踢断了。小鬣狗惨叫着翻滚于地。特尔吉又出现了，她直接冲向小鬣狗。等布莉布卡停下追击斑马的脚步，转身奔过来的时候,特尔吉已掐断了小鬣狗的颈骨。布莉布卡哀叫着,眼巴巴地看着特尔吉母子撕食着还在颤动的小鬣狗。

此后,布莉布卡与特尔吉有了不共戴天的仇恨。

此后,布莉布卡便消失在这片草原上。特尔吉并没有因此受益,因为她再也不能从布莉布卡手上抢夺食物了,从今往后,她和她的幼狮的所有食物,都得靠她捕捉。而单枪匹马捕食,对雌狮来说绝非易事。

这天,特尔吉花了半个多小时才将一只年老的角马捕住。此时,草原正开始这个雨季的第一场雨。就在特尔吉招呼幼狮过来的时候,布莉布卡却带着八九只鬣狗来了——没有人知道,布莉布卡本来就属于这个团队,还是她新近加入了这个团队。总之,现在的布莉布卡,实力远大于特尔吉。特尔吉感觉到来者不善,带着幼狮就要跑,可迟了。鬣狗们一哄而上,布莉布卡更是蹿上了特尔吉的背,疯狂地撕咬她。布莉布卡在发泄她内心的仇恨吗?特尔吉左冲右突,好不容易才带着幼狮冲出去。

接下来的几天,草原依然浸泡在大雨中。为了摆脱布莉布卡团队的追杀,特尔吉只得带着幼狮来到一片她从没未涉足过的荆棘丛安家。倒霉的特尔吉不知道,这里是眼镜蛇的地盘。她和幼狮的脚步还没有停稳,几条眼镜蛇就同时向母子俩发起了攻击。幼狮还没来得及叫一声,就倒下,死了。特尔吉来不及悲痛,颤巍巍地走到荆棘丛外,就瘫软于地。

大雨还在猛烈地下。特尔吉应该感谢这场雨,要不是雨水给她提供稀释蛇毒的充足的水,她一定逃不了死亡。特尔吉酥软地伏在泥水里,只露出背脊和嘴脸。如果狮子也有人的意识,特尔吉此时最怕见到的应该就是布莉布卡了。但不幸的是,布莉布卡和她的团队真的来了。他们从四面悄悄逼来——他们肯定不知道特尔吉已经受伤。

近了，布莉布卡蹿起来，尖叫着，冲向特尔吉。一群鬣狗尖叫着冲上来。特尔吉呢？软绵绵、无神的眼睛懒懒地睁一下，又无力地闭上。她一动不动，毫不反抗。

短暂的攻击后，布莉布卡觉出了异常，后退一步，叫一声。鬣狗们也停止攻击，后退几步。布莉布卡仔细看了看特尔吉，又上前用前腿拍打她。特尔吉依然软绵绵地毫无反应。布莉布卡再拍打。特尔吉还是软绵绵的。

布莉布卡终于确认特尔吉无力战斗了。她凄凉地叫着，低着头，泄了气一般，和她的团队走开。布莉布卡竟然放弃了她的宿敌，而且没有丝毫胜利者的气势。

没有人知道，在弱肉强食又充满仇恨的两个物种中，是什么使得鬣狗布莉布卡最终放弃了气息奄奄的雌狮。是对弱者的怜悯？还是对昔日对手的敬畏？

同样令人纳闷的是，一周后，特尔吉刚排尽体内的蛇毒，就悄然离开了这片草原，而且从此再未跨进一步。

遭遇东北虎

娇娇是一只东北虎。半岁大的时候，盗猎分子杀了它的母亲，它被保护区队员解救后送进了动物园。现在，娇娇四岁了，是这家动物园的表演明星和赚钱大户。

近日，动物园一改往日把娇娇关在笼子里为游客表演的做法,而是把游客关进笼子里。这样,娇娇的表演空间大了,游客自然也就更多了。

这天傍晚,我花了一笔不少的钱,一个人走进了这个十平方左右的铁笼子。

娇娇的职业道德很高,一见到我就立即跑过来,绕着笼子,将我好一番打量。我嘿嘿一笑,心想,这到底是我观虎还是虎观我?

娇娇开始表演,直立前行,倒立倒行,正反打滚,翻跟头,做鬼脸,或笑或哭……看着娇娇那认真而带献媚的样子,我心里竟然有些苦涩:昔日的百兽之王,何时就成了"艺妓"?

我拿出一只鸡腿,在娇娇面前晃来晃去。娇娇大概是饿了,一声咆哮,张开血盆大口就扑来。那种气势与刚才的表演判若两虎,吓得我赶紧扔了鸡腿。得到了鸡腿,娇娇却并不吃,而是将它叼进一只铁桶里——娇娇很听饲养员的话,绝不吃游客的东西。它刚才那样做,只是为了取悦游客。

我又丢出一只活鸡。一见到活鸡,娇娇就凶相毕露,猛扑过去。那只可怜的公鸡,虽然拼命飞跑,但很快就被抓住,又转瞬被娇娇撕成好几块——老虎果然嗜血成性。

血腥的场景,让我不忍心再扔出另外两只活鸡。见我停下来,娇娇也静静伏下,眯缝着眼,悠悠地舔着嘴角的鸡血。此时的它又极尽了温情,和刚才的凶残同样判若两虎。

天渐渐暗下来,我开始做饭,我要在这里过夜。我架锅,起火,从包里翻拿出一件件食物。忽然,娇娇一声吼叫,纵身跳过来。这突如其来的气势委实吓我一大跳,转而我又笑了——娇娇是突然想起自己还有什么节目没有表演吧?我微笑着走过去。可娇娇不仅大叫着,还猛烈地拍打着笼子。它的力气惊人,一爪子下来有上千公斤的力。看着那血盆大口、铁锤般的爪子和剧烈摇晃的笼子,我不由得害怕起来。我又提醒自己,这只是娇娇的一个表演节目,目的是给游人非一般的刺激。

可是,娇娇越发暴躁和疯狂起来,铁笼子有几根钢筋都被它拍打得弯曲变形。再看它那双眼:圆瞪、焦躁、愤怒、凶恶。我这才相信,它不是在表演给我看,而是对我动了真。我不知道我到底做错了什么,竟然刺激了它,激发了它的本性。

我赶紧丢鸡腿,丢活鸡,丢一切它可以吃的东西,但是它看也不看一眼,越来越猛烈地拍打着铁笼子。我拿出手机准备给园方打电话,但在娇娇又一次的猛烈拍打和吼叫中,手机被我当成了别的什么东西而扔了出去。天啊,我与外界失去了联系。

娇娇已经将铁笼子的几处焊接口打断了,很快就能钻进来。完了,野兽的本性是不会变的,难道今晚我要命丧虎口?

娇娇开始向笼子顶爬去。我更加害怕,因为笼子顶焊接的钢筋稀少,它只要能打断一根,就能进得笼子。好在娇娇没有攀爬的天赋,每爬上一米多高就摔下来。它的腹部被钢筋划出了几道口子,鲜血直淋。它毫不顾及,再爬,再摔,还爬……

我早已六神无主,胡乱地抱着一个布玩具蹲在铁笼子的中间位置,浑身颤抖。

娇娇放弃了爬笼子顶的努力,继续猛拍笼子。又有几个焊接口被打断了,它的头已经能钻进来了。它又加大了拍打的频率和力度,双目紧紧地盯着我,对着我吼叫——不错,现在,它怒瞪的双眼只对着我,如同两道利剑,刺得我不敢睁开眼。它的吼叫声,随时都能刺破我的耳膜。

完了!娇娇钻进了笼子,扑向我,将我掀翻。

我绝望了,紧闭着眼。是啊,老虎什么时候都改不了吃人的本性!现在,谁也救不了我了。

好一会儿，我意识到自己并没有死，也没有被抓咬，睁开眼偷偷一看，娇娇什么时候跑出了笼子，在不远处的一棵树下。借着灯光，我看到它正极尽柔情地舔舐着一个东西——一只布老虎。

原来，娇娇将我从包里拿出的后来又被我抱在怀里的布老虎误以为是真的虎崽子。

娇娇没有改变的，是母性。

春姑娘

传说乾隆年间，大别山深处有一个与世隔绝的村子，叫凹下村。这年，也不知谁惹恼了天公，都入冬了，却下起了大暴雨。搁以前，凹下村仅凭着四周山上的茂密树木就不会有事，但近些年来树木多被村民砍作柴火烧了，因此，洪水像脱缰的野马，裹挟着泥沙，从山上咆哮而下，瞬间就冲毁了村子。村民们哭叫着逃上山，然而，少了树木的庇护，潮湿、寒冷、饥饿，鬼魅一般，笼罩着这群无家可归的人。

半个月后，洪水退去，村民们回到村里，一统计，被洪水卷走、淹死，以及冻死、饿死在山上的村人有三十多个。然而灾难并没有结束，就在村民们要重建家园时，瘟疫爆发了。不出一个月，又有多人被夺去生命。

苟活的村民认为是村里有人犯了罪，触怒了上天，于是烧香、磕头、忏悔、赎罪，可是上天不为所动，瘟疫继续蔓延。

又一个月过去了，凹下村活下的人不足两百，而且一半染上了瘟疫,随时都会死去。凹下村陷入绝境。

　　春天来了,往日热闹喧哗的凹下村却一片死寂,与春风应和的只有死神的奸笑。

　　这天,村里来了一位姑娘,一袭长裙,绿底白花,衣袂飘飘,长发如瀑,虽然一条腿走起路来有点跛,但丝毫不影响她那仙子一般的姿容。姑娘说她姓春,是大夫,知道凹下村正遭灾受难,特意赶来治病救人。村民们并没有因为春姑娘的到来而激动,因为两个多月来,村里的两个老大夫不仅没治好瘟疫,反而自己染病死了;山外也来过几位老大夫,但只是看了看病人就摇头而去。这么一个年轻的姑娘,能治好瘟疫吗?

　　春姑娘似乎看出了大家的不信任,也不多说话,只拖着一条有残疾的腿,一家一家地走,一个床头一个床头地望闻问切,继而配药、熬药、端药、喂药,给病人热焐冷敷,洗擦身子,晾晒衣被,又劝说尚未染病的村民和自己一起为村子清淤,消毒,一有空闲就到山上采药。那段时间,村民们总能看到春姑娘在山上,或忽焉纵体于荆棘,或轻躯鹤立于崖壁,飘摇如飞,飘忽若仙。

　　没想到的是,春姑娘不久就遏制了瘟疫的蔓延,村民们这才想起问春姑娘多大了?家住何处?家里还有什么人?春姑娘一笑:"我的年龄,我自己都忘了;家住北山那边,离这儿并不远,你们村还有人去过呢;家里原有三姐妹,但另两个姐妹都被人祸害死了,现在只剩下我一个……"村民们听了,唏嘘不已,为春姑娘的遭遇而难过。

　　谈话中,村民们发现春姑娘的那条腿并不是天生的残疾,而是受了刀伤:脚踝四周,皮肉都被削了去,血肉模糊,裸露出森森白骨。村民们不由落泪,问:"春姑娘,什么人如此歹毒,如此伤害你?"

春姑娘轻叹一声,目光逐一扫过在场的人,在一个已染瘟疫、气息奄奄的叫大林的年轻人脸上定了定,继而转开,摇摇头,不说话。

村民们又问:"春姑娘,你医术如此高明,怎么不给自己治疗?"

春姑娘又一声叹息:"我的病,自己治不好。"

"谁能治?"村民们急切地问。

春姑娘张了张嘴,却突然顿住,又一次看过众人,满脸悲戚,默默地走了。

瘟疫终于得到了彻底的消灭。这天一大早,凹下村仅存的一百多人,敲锣打鼓来到春姑娘的住处,他们是来感谢春姑娘的,可是春姑娘已不知了去向。大家村里村外,山上山下,到处寻找,然而春姑娘仿佛人间蒸发了一般。

"春姑娘是凹下村的恩人,我们一定要找到她,想办法治好她的腿伤。"村里的长者说着,想起春姑娘曾说过家住北山那边,于是带领大家前去寻找。可是翻过北山后,眼前除了一些树木,没有一户人家。"怎么会这样呢?春姑娘明明说她家就在这里的啊?"

傍晚时分,就在村民要离开的时候,长者突然大叫:"春姑娘在这儿!"接着"扑通"跪到山脚下的一棵大树下,"咚咚咚"地磕头。众人急忙跑过去,跪下,磕头。

好一会儿,大家起身,发现这是一棵大椿树,合抱粗,枝叶还算茂盛,但根部已被刀斧砍削大半,白森森一片,开始腐烂了。"这就是春姑娘啊。"长者抚摸着大椿树的伤口,泪流满面,又指了指东西两侧说,"那和那,是春姑娘的两姐妹。"众人看去,两侧,离这棵大椿树两三丈远的地方,各有一墩树根——被砍伐了的大椿树的树根。

"这都是谁造的孽?"长者痛心而气愤地说,"除了我们凹下村,这四周再没有人了。谁? 是谁造的孽?"

"春姑娘,是我,是我伤害了你啊。"那个名叫大林的年轻人跪倒在地,抱着大椿树的伤口,号啕大哭,"我为了一点柴火,如此伤害你,你却大仁大义,治病救我……"

村民们当即给大椿树的根部做了包扎,发誓凹下村祖祖辈辈再不砍伐一棵树。

不久,为了世代守护大椿树,凹下村又举村搬迁到大椿树下,并改村名为"春姑娘村"。

如今,二百多年过去了,这棵大椿树依然枝繁叶茂,每年春天,春姑娘村男女老少都会在大椿树下举行一场隆重的祭拜仪式。

海啸中的上帝

这天早晨和平常没有两样。海边晴空万里,阳光明媚,海浪像蓝色的丝绸,翩翩然,飘向海岸。迪瓦娅带着她的三个孩子,在离海边的沙滩上快乐地戏耍。他们的爱犬虎子,在他们的身边更是跑啊跳啊,不亦乐乎。

突然,海里传来一阵奇怪的声响。迪瓦娅抬头看去。当迪瓦娅看见汹涌而至的巨浪时,头脑中"轰"的一声,意识到了灾难的来临。迪瓦娅惊惶失措地想抱起三个孩子一起逃命,然而她只有两只手。迪瓦娅抱起两个小的孩子,对最大的马瑞说:"海啸!跟妈妈跑……"

海水开始舔触迪瓦娅的脚跟。迪瓦娅抱着两个小的孩子向最近的小山坡疯狂逃命,她满以为马瑞一定会跟着她一起向这边逃命。

快到山顶了。迪瓦娅回过头,却不见马瑞的影子。母爱让迪瓦娅不由地转过身,边向山坡后退,边向着刚才的地方拼命呼喊。巨浪像无数匹脱缰的野马,奔跑着,咆哮着。迪瓦娅的喊叫声是那么的微弱。母爱又让迪瓦娅很快理智起来,她知道,她的怀里还有两个更弱小的孩子!迪瓦娅不得不再次转回身,加快脚步,继续拼命地向小山顶逃去。

终于逃到了山顶,迪瓦娅和她怀里的两个孩子脱离了危险。可是,马瑞还是没有影子。迪瓦娅几次想冲下山,可是她又知道,冲下去只能是送死。迪瓦娅心如刀绞,泪流满面,跪在山顶上,对着依旧咆哮的巨浪,双手合十,大声地祈求:"仁慈的上帝啊,请保佑我的孩子,护送我的孩子回来吧……"

又一阵海浪袭来,迪瓦娅看到她和孩子们刚才玩耍的地方波浪滚滚。迪瓦娅绝望了,但依旧撕心裂肺地呼唤着上帝,呼唤上帝快去解救她的孩子。

迪瓦娅终于瘫坐在山顶上,嘶哑的嗓子再也发不出声音,只有双眼直盯盯地搜索着山下齐腰深的水。迪瓦娅默默祈祷着,希望有奇迹出现。

忽然,迪瓦娅看见山下正移动着一个单薄的身影。迪瓦娅不敢相信,她的孩子马瑞,风浪里,正艰难地向着她歪歪倒倒地走来。多少次,迪瓦娅看到,马瑞就要倒下了,但分明是神助一般,又都站了起来……

马瑞近了,迪瓦娅看清楚了。迪瓦娅更不敢相信,马瑞的背后,他们的虎子,差不多是直立着身子,昂着头,两只前脚牢牢地抵撑着马瑞的后背,吃力地推着马瑞往山上走……

一家人团聚了。

迪瓦娅不会想到,正是她的呼唤,唤来了她的"上帝"——虎子。

海浪袭来时,虎子见女主人抱着孩子拼命地跑,就以狗的特有的灵性也跟着跑起来。跑出一段后,虎子发现最大的小主人不见了,于是停下来,就着一棵小松树,立起两条后腿四下张望。虎子看见小主人正在向着家的方向飞跑——马瑞毕竟才九岁,面对滔天的水浪,他认为只有家才是最安全的。短暂的犹豫后,虎子迅疾掉转头,向小主人追去。

跑回小棚屋,地面已漫上一层腥咸的海水。虎子并没有被地上慌乱蹦跳的它最喜爱吃的小鱼虾所吸引,而是蹿到小主人面前,用一种它从未有过的焦急而尖厉的声音向小主人狂吠。然而在从天而降的灾难面前,马瑞早已吓傻了,只是一味地在小棚屋里乱窜,设法寻找他心目中最安全的藏身地。虎子突然张开口,死死地咬住马瑞的衣领,不顾惊慌失措的马瑞的拳打脚踢,强行将他拖出小棚屋。虎子和马瑞刚出门,小棚屋就坍塌了,又转眼被海浪卷走。虎子这才得到马瑞的配合,两只前脚和头紧紧地抵着马瑞的后背,死死地撑着他,推着他,直到山顶。

"我知道,虎子真的就是我的上帝。"灾后,一家平安的迪瓦娅逢人就会介绍她的"上帝":三年前,一个大雪封门的早晨,迪瓦娅开门时发现门口蜷缩着一条小狗。小狗皮毛黏裹,又浑身泥雪,颤抖着,发着微弱的"唧唧"声,已经奄奄一息了。迪瓦娅第一感觉是将它踢出去,但就在迪瓦娅抬起脚的一刹那,她看到了小狗的一条腿上,有一大块伤口,伤口还在隐隐流血。迪瓦娅皱了皱眉头,将原打算向前踢的脚改为向后勾。于是,小狗走进了迪瓦娅的家⋯⋯

"上帝其实就在你的一闪念中。你的向前,或向后的一小步,往往就决定了上帝的有无。"每当介绍完虎子,迪瓦娅就会自豪地说,"上帝其实又无处不在,但上帝总会考验你是否真诚接待。如果没有我们一家三年来对虎子的真诚,就不会有这场灾难中上帝的降临⋯⋯"

类人猿的最后一次会议

类人猿听到自己即将全面进化成人的消息后,兴奋异常。然而,他们还面临着一个重要的问题:全面进化后,是四肢行走,还是两肢行走。为此,类人猿们一直争论不休。

最后一次讨论会上,猿首首先说:"关于四肢行走还是两肢行走,这个问题的核心问题是:如果两肢行走,那么解放出来的两个前肢——那时应该叫作手了,做什么用?还有没有用?"

"我反对两肢行走。"一位老年猿站起来,颤巍巍地说,"众所周知,我们之所以能从无数体力强于我们的野兽中走到今天,是因为四肢给了我们速度⋯⋯"

"各位,这位老同志只看到问题的一面,没有看到双手解放出来的巨大意义。"一个年轻猿打断老猿的话说,"我们即将告别野蛮落后的野兽,做人了,过人的生活了。我们要造房子,造房子

就得砍树木;我们要造很多房子,就得砍很多树木。看看我们现在的两个前肢吧,多么蠢笨的家伙啊! 凭它,要砍掉这漫山遍野、郁郁青青的树木,鬼知道要砍到猴年马月呢。"

"我完全同意这位兄弟的话!"又一个年轻猿站起来说,"有了手以后就不一样了:别看这么多树木又高大又粗壮,我们转眼间就能把它们全部放倒;这些连绵起伏看不到边际的山,我们只要'轰'一声炮响,就能将它们夷为平地;还有这水,弹指一挥,我们就叫它变成色彩绚丽的蓝的、红的,甚至黑的;甚至这广阔无垠的天空,凭我们勤劳的双手,也能叫它变色——想变成什么颜色就变成什么颜色! 哼哼! 有了手,不论什么,只要碍着我们,我们就能随心所欲地叫它咋样就咋样!"

"不错,必须解放我们的双手!"一个女猿微笑着说,"成人后,我们依然要以其他动物为食。但是,那时候,我们不叫动物了,叫人了。我们得有人的讲究,人的品位,人的文明,而绝不能像现在这个样子。各位看看我们现在的样子吧:用两个蠢笨的前肢按着动物的尸体,用难看的牙齿撕扯动物的皮肉——多么粗鲁,多么野蛮,多么难看啊! 成人后,我们的手灵活了,精巧了。我们就能用我们的手剥动物的皮,抽动物的筋,剔动物的骨头! 我们还能把动物的肉撕成一丝一丝的,做成香喷喷好吃又好看的美食!"

"成人后,为了我们的地盘,为了我们的强大,我们还要战争! 诸位,什么叫战争? 战争绝不像我们现在这个样子,爪子抓爪子,牙齿咬牙齿,身子压身子。嘿! 这多么原始,多么落后,多么不得劲啊!"说话的猿大汉跺了跺地面,树上的叶子纷纷落下,"战争当然离不开手! 手拿武器,方便,精准! 譬如,用手使标枪,要戳敌人的眼睛,绝不会戳上他的鼻子;要刺敌人的咽喉,绝不会刺上他的下颌；要破开敌人的肚皮挑出肠子，也轻而易举！"

"大汉兄弟，你说的一点儿也没错，但你的眼光还是太短浅了！"一个白胖胖的猿书生站起来，慷慨激昂道，"就拿战争来说吧，我们的眼光绝不能局限于现在的标枪这类玩意儿——这些太小儿科了。我们要目光远大，要发明出更多更先进更厉害的武器。据我所想，我们要发明真正的枪，这种枪只要轻轻扣一下扳机，就能让百米外的人脑袋崩裂，脑浆迸溅；我们还要制造坦克、战斗机、火箭、导弹、航空母舰！告诉你们，我们还要制造原子弹、氢弹——好家伙，这东西一颗投下去，成千上万的人瞬间灰飞烟灭，连一撮灰都没了！这多好玩，多过瘾，多刺激啊！哈哈！"

"哈哈……"众猿兴奋地叫啊跳啊。

"更重要的是，两肢行走，将促使我们站起来，促进我们大脑发育，促使我们更好地去思考。思考什么呢？当然是思考我们如何去战胜自然，改变自然，杀死敌人！"猿首清了清嗓子，严肃地说，"总之，解放双手，是大势所趋，是进化的必然！"

不知谁将两手使劲一拍，于是，台下掌声雷动。

最先发言的老猿又颤巍巍地站起来，哀哀地说："猿首，照这么说，那时候，我们的山不青了，水不绿了，天不蓝了，空气不干净了，人与动物不和谐了，人与人战争不断了。你说，我们这么多年辛辛苦苦进化过来，还有什么意义啊？"

猿首瞪起双眼，手一挥。一群猿猛地蹿过去，你一手，我一手，打死了老猿。接着，你一手，我一手，剥掉老猿的皮，抽了老猿的筋，撕下老猿的肉，塞进嘴巴，吃了！

全场响起了更加热烈的掌声。

魔鬼歼击记

公元 3000 年,地球人举行隆重的集会,热烈庆祝他们攻克了所有的疾病。从今以后,地球人再也没有疾病的困扰、折磨和威胁了!癌症,那个曾令先人们谈而色变的魔鬼,如今是如此的不堪一击;治愈艾滋,只似轻轻拔起一丝毫发那样的痒痒;无数帝王苦苦追寻的长生不老,在人尚未出生之际就因基因的轻易改造而变得易如反掌……

地球人类进行了有史以来最热烈的庆祝。

然而不久,欧洲区出现了一种奇特的病症:患者咽喉干燥、鼻塞痰多、头昏脑涨、发热咳嗽,四肢酥软、浑身乏力,并且传播速度惊人。地球卫生署的科学家们经过数日会谈,发现此病是曾经广泛存在于地球人类、如今已绝迹数百年的流感。科学家们很得意,提醒地球人不必惊慌,该干嘛还干嘛,因为一周后此病将不治自愈。

可是,一周过去了,两周过去了,患者的病症却没有丝毫好转的迹象。欧洲区已有近三成的人感染,更有数百人死亡。

科学家慌了,进一步研究发现,此病大不同于当年的流感,因为其中含有一种未知的病毒。该病毒在人体内分布得十分广泛,不仅存在于上下呼吸道,还存在于整个肺组织。该病毒抗药性极强,能够在人体内与其他基因进行疯狂的组合,再组合,而且如幽灵般地变异,再变异,神秘莫测,变化无穷,人类已有的一切抗生素都奈何不得。该病毒生存能力超强,可在一般物品内存活八小时,空气中存活二十四小时,用滚水煮沸三小时方可杀死。该病毒的传染速度和传染能力骇人,患者的一个喷嚏,一个咳嗽,甚至一个呼吸,就有数百上千万个病毒极速地飞出,并立即感染他人。该病毒致命能力又极强,一旦进入人体,十天之内就让患者呼吸衰竭,不治身亡。

病魔还在蔓延,死亡开始加速。地球人类面临有史以来从没有过的威胁,陷入了空前的恐慌和混乱之中。

就在地球人类陷入绝望、被动等死的时候,科学家找到了此病的天敌:一种曾经广泛存在于地球各植物体内的转氨酶。不可思议的是,这种酶是当年地球人类肝病的罪魁祸首。当年,为了攻克肝病,地球人类实现了食物的人工合成——只需在工厂里轻按电钮,就能得到随心所欲的食物。于是,此酶消失了,植物也被全部彻底地淘汰了。那时候,因为消灭了困扰自身千万年的肝病,地球人类的欢呼声是何等的响彻云霄啊。

经过进一步的论证,科学家们坚定地说:"患者只需要吃进一口植物之食,此病即愈。"

可是,植物绝不是人工所能合成的,只能从土地里长出来。

地球人环顾自己的星球,除了自己,哪儿还有一个生物啊?就连空气、海洋、冰川和地底下的微生物,尚在地球人类呼吸人工氧气之时便被消灭了。偌大的地球,早已被一层厚重而坚固的钢筋混凝土包裹着,一丝绿色也看不到,一撮泥土看不到,一粒尘埃也看不到!成功面前,地球人类总是如此的傲慢、冲动和疏忽,竟然连一份植物的基因图谱也不曾保留。

地球人正以骇人的速度死亡。

地球文明有彻底毁灭的迹象。

就在地球人类即将绝望的时候,有人在一个古城堡的废墟里,发现了一个千年前的鼠洞。

谢天谢地!这些鼠精灵们似乎早已预料到了地球人类会有此一劫,早在它们被地球人类灭绝之前,就在它们的洞穴里收藏了一些稻谷的种子。可是,因为时间太长了,这些种子都霉变腐烂成了尘土。科学家们用千万倍的显微镜,在鼠洞里找了好几天,终于找到一粒尚含有稻谷基因的种子。科学家们如获至宝,乘坐航天器将稻谷紧急带到地球卫生署,激活了残存的稻谷基因。同时,地球军也炸开了一块块厚重、坚硬、冰冷的钢筋混凝土……

很快,久违的绿色出现了,稻谷收获了,饱受折磨和恐慌的地球人类得救了。

地球人类又开始了新一轮的庆祝!

秋夜寻猪

我九岁那年的深秋,父亲在百里外修水库。一天傍晚,母亲从飞田挑着一担山芋回来,"大耳朵"和小猪们却没有跟着回来。母亲立即紧张起来。"大耳朵"是我家老母猪的名字,是我家的摇钱树,每年产一窝小猪,赚个一二百元钱。它要是丢了,我家的天就塌了。

"一定是我刚才回来时它不知道,现在迷路了。走,跟我去飞田找。"母亲说着拿起手电筒往外走。我快步跟上。到了院门口，母亲看了看我又说："你还是不去吧，快吃饭，睡觉，明天上学。"我应一声，站住。母亲走出几步，又停下来，回头看着我，想说什么却没有说。我知道胆小的母亲是害怕，又跟上去。母亲犹豫一下，拉起我，向飞田走去。

飞田，顾名思义，是"飞"出我们村地界的一块田地，离我们村有四里路，离别的村更远，四周是一大片长满荆棘杂树的荒坟。飞田这地方，村民们除了不得不硬着头皮来耕种外，平时，就是连大白天走路都会绕得远远的。

秋后的天转眼就黑透了。秋风萧瑟，荒草飒飒。手电筒电量又不足，我和母亲几乎仅凭着感觉，跌跌撞撞地行走在狭窄坎坷又满是荒草的田埂上，"嗷咴咴"地大声叫唤着。我们不断地摔倒，又一刻不敢耽搁地爬起来。

又一次摔倒后，不知是实在害怕还是疼痛，我没有立即爬起。母亲说："乖，男子汉，勇敢！"我应声站起，与此同时，到嗓子眼的哭声也变成了"嗷——咴——咴——"的呼唤声。橘黄色的灯光里，我见母亲的脸上猛然滑下两滴亮闪闪的东西。

乌漆墨黑的天，月亮，星星，哪怕是一丝儿天光，都胆怯地躲进了厚云的背后。母亲大口大口地喘息着，连呼唤的力气都没有了。我扯开嗓子，竭尽全身的力气，"嗷咴咴……嗷咴咴……"不停地叫着。我是在给自己壮胆，给母亲壮胆。

终于，我的呼唤得到了"大耳朵""哼"的一声回应。我和母亲急忙跑过去，就见九头小猪簇拥在飞田田角的高坎下，"大耳朵"站立一旁，像一堵墙，紧紧地护住小猪们。见了我们，小猪们像失散多年的孩子见到亲人，急忙挤到我们脚下，哼着叫着，亲热得感人。"大耳朵"却对着一头伏在地上的小猪，急切地哼叫，似乎在提醒我们什么。母亲用灯光一照，只见那头小猪的一条后腿鲜血淋淋。再看其他小猪,有几头也有伤。"大耳朵"伤得更多,头脸上、背上、后腿上,布满一道道血痕,尤其那只大耳朵,被撕出了一个大豁口。我明白了,"大耳朵"之所以没有带着小猪们回家,是因为遭受了什么袭击,并且不愿丢下这头不能行走的小猪。

"妈,是狼咬的吗?"我想起前几天村里有人在这儿见过狼,惊恐地问。

"不是,没有狼,是狗。"母亲淡淡地说,但我分明听到她语气里的颤抖。

母亲抱起那头小猪,我赶着猪群,急匆匆地往家走。忽然,身后"嗷——"一声尖厉的叫,吓得母亲怀里的小猪猛地蹿下来,其他小猪也直往我们腿下钻。惊恐之下,我脚下一绊,结结实实地摔倒了。母亲将灯光照向狼嚎声传来的地方,黑压压一片,什么也看不到。母亲扯开嗓子,大声吆喝,似乎满身力量,又低声叫我快起来。我艰难地爬起来,却痛苦地发现我的一只脚踝扭伤了,无法行走。

"我背你。"母亲放下刚又抱起的小猪,蹲到我面前。

"这小猪怎么办?"我颤抖地问。

"明天早晨再来。"母亲叹口气。

"明天?狼不吃了它吗?"我嘴上说着,身子却不由地趴到母亲背上。母亲挺了挺腰要走,"大耳朵"却站在受伤的小猪身边,不动,只对着我们急切地哼叫。

"嗷——"狼的叫声似乎近了些。

"大耳朵"将受伤的小猪护在身下,警惕地看向狼嚎的方向。我偷眼看去,黑魆魆的,仿佛有两道绿莹莹的光,射向我们,像剑,也像箭。

"走!"母亲拔起一棵棉花秆抽向"大耳朵"血迹斑斑的尾部。

"大耳朵"不动，只坚定地护着受伤的小猪。母亲又抽，两下，三下……一下比一下狠，但"大耳朵"的四蹄仿佛被钉在地上，纹丝不动。

"妈，别打了！你抱小猪，我自己走。"我从母亲背上滑下来，可脚一挨地就钻心疼。

母亲又蹲下身要背我，"大耳朵"突然走过来，挤开母亲，在我面前蹲下了身子。母亲大悟："对呀，它是叫你骑它。"母亲急忙将我扶坐到"大耳朵"背上……

到了家，母亲和"大耳朵"都瘫伏在地上，老半天才站起来。

人猴恩怨

小山村好些年都不见猴子了。年轻人怎么也不相信这里曾是"猴灾区"，所以当第一只猴子出现在村里的时候，年轻人的兴奋自不必说，就连那些曾屡遭"猴祸"的老人也恨不得把家里所有能吃的东西都拿来，招待这些久违的"冤家"。老老少少，一边喂猴戏猴，一边感谢政府近年来"封山育林，退耕还林"的好政策。

然而大家很快发现，他们的好意换来了这些家伙们的肆意：先是三五只地来，后来是成群结队地来；先是清晨和傍晚来，后来是无时无刻不来；先是在村口你给它点吃的它就走，后来是溜进人家里偷抢，吃后就在村里追鸡撵狗。更恼人的是，地里的玉米棒子还没有拇指大，西瓜还没落花，棉花刚结桃，就被它们用作

"打仗"的武器给糟蹋了。

清除"猴患"又成了村民们的头等大事。

有人重又提出当年的"投毒法""猴尾点火法",但立即遭到大家的反对——毕竟是一条条生命,而且是人的近亲嘛,把它们赶进山林里,不出来祸害就行了。

可是,怎么才能做到呢?

这天中午,一场暴雨刚歇,村民们按照早已准备好的方案刚埋伏好,浩浩荡荡的猴子大军就来了。村民们又好气又好笑,这些家伙简直把村子当成了自己的家,连才出生不久的小猴子也抱了过来。一进村,这些家伙就开始肆无忌惮地追鸡撵狗,跳墙翻窗。整个村子,仿佛突然闯进了一伙江洋大盗。

猴子们正在不亦乐乎地胡闹着,村民们突然从四面八方冲出来,高叫着,敲打着脸盆、锣鼓,挥舞着扁担、铁叉。猴子们慌了神,想往回逃,路却被堵死,只得往村子另一头跑。刚出村子,沙石路上,冷不防冲出几辆"呜呜呜"连车带人都是大红的摩托车。猴子们哪见过这种玩意和阵势,跑着,惨叫着。泥水中,它们跌倒了爬起来,爬起来再跌倒,跌跌撞撞,连滚带爬,没命地逃窜。

好不容易,摩托车停下了,面前却横上了一条河。猴子们正想找个渡口,摩托车忽然"呜"一声,又冲了上来。猴子们立即向对岸慌乱地跳去。还好,河并不宽,几乎都跳了过去,除了一只母猴——这只搂着幼猴的母猴,或许太紧张了,自己跳过了,幼猴却落进了河里。

母猴一看河里挣扎的幼猴,来不及呼叫就纵身跳了下去。可是,河水太急,母猴扑腾了好一会儿,连幼猴的身也近不了。岸上的猴王一连大叫了好几声,母猴才不得不爬上岸来。

幼猴被卷进了水底,好一会儿才挣扎出水面。猴王喝住又要跳下的母猴,向一只强健的公猴叫一声。公猴应声跳下河。公猴几次就要抓住幼猴了,但湍急的水又将它冲开。

猴王一连命令几只猴子下了河,都无功而返。

幼猴停止了挣扎,只偶尔露出一下水面。母猴在岸上凄厉地叫着,要不是几只猴子将它紧紧地抱住,它早已又跳了下去。

"扑通!"猴王跳下了河,几个扑腾后就到了幼猴身边,眼看就要抓住幼猴了,一个浪头打来,两猴都不见了。好一会儿,两只猴子还没有露出水面,岸上的猴子们以为它们都上不来了,凄厉地惨叫着。忽然,猴王搂着幼猴蹿出了水面,奋力将幼猴扔上了岸。又一个浪头打来,猴王再次被卷入水底。

这一切,都被追赶而至的村民看在眼里,他们先前只是嘻嘻哈哈觉得好玩,但很快就被猴子们的举动给感染了。一名小伙子急忙踢掉鞋子,跳下了河。

河水暴涨,越流越急。

猴王又浮出来,却无力挣扎,只随着流水上下翻滚,时隐时现。岸上的猴群,塌了天似的惨叫。小伙子奋力向猴王扑去,接近了被冲开,冲开了再接近。足足半支烟工夫,小伙子抓住了猴王的一只上臂,奋力将猴王推上岸,自己却被一个浪头卷走。

河边的人慌了,将手里的扁担、铁叉纷纷伸向河里,可是小伙子一个也抓不住。人们又相互手拉手向河里蹚去,可才蹚出几步,又被迫撤回。忽然,刚刚吐出一窝浑浊河水的猴王对着猴群一声叫,猴群立即静下来。猴王一把抓住一只成年猴子的手臂,又示意它抓住另一只猴子的手臂。猴子们立即明白过来,一个抓一个,很快抓成了一股"猴绳"。猴王下了河,第二只、第三只……

相继下了河。"猴绳"向河中心延伸,向着小伙子延伸……

猴王终于和小伙子紧紧地抓在了一起,"猴绳"慢慢向岸边收拢……

小伙子得救了。

说也奇怪,此后,猴子们还是经常光顾村子,但都像走亲戚一样,从不做破坏的事。村里的人,更是待它们如贵宾。

森林历险记

午后,特多夫驾车进入森林。林外阳光正烈,林里却只是斑斑点点的光,碎片一样,上下游移,煞是阴凉。

一会儿,几声枪响后,特多夫收获了几只野兔和雉鸡。日光的碎片开始拉长,特多夫还不想走,他总觉得今天应该有更大的收获。

一头棕熊的出现,让特多夫瞬间血脉贲张。棕熊体形硕大,正爬在一棵歪脖子松树上,树枝上吊着一个大蜂巢。松树并不十分粗壮,棕熊每每前肢就要挨上蜂巢时,树枝就"嘎吱"一响,要断下来。棕熊只好后退一点,可是又够不着蜂巢了。棕熊又试探着上前一些。"嘎吱"声又响。棕熊再退……如此往复,棕熊直急得抓耳挠腮,拍打树干,或对着蜂巢吼叫,样子很是可爱。特多夫端着枪,借着树的掩护,逼向棕熊。

棕熊已经在射程之内了,特多夫还没有开枪——他的子弹所剩无几,棕熊又背对他,头部还被树枝遮挡着,一两枪很难致命。特多夫悄悄绕到棕熊的侧面,举起枪,瞄准它的头颅。一个黄蜂从蜂巢里飞出来,棕熊扭头去看——仅一刹那,棕熊看到了特多夫和他手里黑森森的枪口。与此同时,棕熊那看似笨重的身体"噗"地从树上跳下。特多夫急忙扣动扳机,击中了棕熊的屁股。棕熊大叫一声,掉回头,满脸愤怒,一看特多夫的枪口又瞄上来,急忙就地一滚,逃走了。

特多夫端着枪,搜寻了好一会儿,也不见棕熊的影子。

森林里阴暗下来,特多夫又收获了几个小的猎物,直至子弹射光,才扛着枪恋恋不舍地走向自己的汽车。

特多夫刚要发动汽车,就见刚才的那头棕熊躲在不远处一棵大树后偷窥自己。特多夫摇下车窗,猛然大吼。棕熊大惊,落荒而逃。特多夫遗憾地耸耸肩:"该死!它本该现在正躺在我的后备厢里。"

汽车驶出几十米,特多夫从后视镜里又发现了那头棕熊在鬼鬼祟祟地尾随自己。特多夫突然一个急刹车,同时狂摁喇叭。棕熊吓得一个后仰翻,连滚带爬地逃窜。可是,当特多夫又驶出不远后,棕熊又跟了上来。特多夫想逗逗这头熊,停下车,端着枪,做着瞄准的架势。棕熊再一次大惊,翻滚着逃跑。

如此几次,棕熊逃跑的速度一次比一次慢了,而且逃跑时还回头看了几次特多夫。"莫非它知道我没了子弹?"特多夫一惊,赶紧加大马力向森林外驶去。

棕熊仿佛确定特多夫没有了子弹,竟堂而皇之地跟了上来。特多夫摁喇叭,亮尾灯,急刹车,急倒车,但棕熊分明料定了特多夫已是黔驴技穷,不仅不再害怕,还试探性地用前肢触碰汽车。

特多夫的额头渗出了密密的汗粒,慌乱中,车子陷进一个泥坑里,熄了火。

棕熊从车后走到驾驶室一侧,拍打车窗。特多夫尽量让自己镇定,摇下一点车窗,将枪口伸出窗外,对着棕熊做着瞄准、射击的动作。特多夫只是想吓跑棕熊。哪知棕熊一把抓住枪口,一拉,枪被夺走了,再"咔嚓"折断。特多夫大惊,急忙摇上车窗,装模作样地向着棕熊龇牙咧嘴,捶胸顿足,仿佛自己充满着力量。

棕熊毫不在乎,愤怒地捶打着车窗。好在它那厚软的熊掌就如同橡皮锤一样,一捶上玻璃,就被弹起。棕熊又跑到车前,一掌打在雨刷上。雨刷坏了,熊掌也被戳了个血窟窿。棕熊被彻底激怒了,张开大嘴,猛然撞向挡风玻璃。"咔嚓!"熊的牙齿、碎玻璃,同时溅在特多夫的脸上。

剧烈的疼痛使棕熊昏了过去,趴在车头上,鲜血从嘴里汩汩而出。特多夫想打开车门逃跑,可车门变形严重,无法打开。特多夫又拿起车内的水果刀,铆足劲,胡乱地扎向棕熊。可是,水果刀连一个痕迹也不能给厚厚的熊皮留下。

棕熊醒了,摆了摆头,车厢里立即溅满了血。特多夫急忙躲向后排座,仍然想开门逃跑,可同样打不开。棕熊重新愤怒起来,吼叫着,张开少了几颗门牙的血口,挥动两只硕大的熊掌,向特多夫扑来。特多夫躲闪着,顺手从座椅上抓过一只抱枕,护住自己的头脸……

一秒,两秒,熊掌没有扑来;三秒,四秒,熊口没有咬来。一两分钟过去,熊掌、熊口,都没有来。相反,熊的吼叫声却渐渐地低下来,直至一片安静。

特多夫不知道发生了什么,偷眼一看,棕熊正静静地看着自己怀里的抱枕。特多夫突然明白了什么,轻轻抚摸起那只抱枕,还亲了亲它,接着又试探着将抱枕向棕熊面前捧了捧。奇迹发生了,那头熊轻轻接过特多夫的抱枕,抱起,跳下车,走进黑黝黝的森林深处。

特多夫的抱枕,是一个小棕熊造型。

上帝的难题

人类严重的资源危机令上帝焦虑万分,他不忍心看着他一手制造的人类灭绝。可是,上帝能做什么呢? 不久,上帝考虑到人体对资源的消耗,决定从精简人体器官开始,以拯救人类。但难题是精简哪个器官? 思来想去,上帝觉得还是先听听器官们自己的看法,于是将他们召集到一起开会。上帝首先详细说明了精简器官的必要性和紧迫性,然后让他们散会后每一个都写一份建议书。

几天后,器官们的建议书交了上来。上帝一看,脑袋写的建议书最长,就急切地打开看:

上帝,嘴巴应该关闭。嘴巴主管吃喝,可如今他并不满足于米饭、面包、蔬菜和一般的畜禽水产,大凡地上走的、天上飞的、水里游的、土里钻的、林里躲的、石缝里夹的,嘴巴总是"啪"一张,全塞了进去,而且永无满足。他如此的饕餮和贪婪,既给人类带来了许多前所未有的疾病,如疯牛病和SARS,又必将不久后就使得地球上除人类之外的所有生物遭灭顶之灾。可怕的是，这两者中的任何一个，最终都会导致人类灭亡。

上帝，鼻子应该抹掉。鼻子曾经尽职尽责，忠诚地履行"呼出废气，吸进新鲜空气"的职责，但近年来，他变了，变得不再吸进百花的芳香、泥土的清香和各种美食的香气了。相反，他似乎很热衷于各种人造的所谓香气，连各类废气、腐气、臭气、毒气，甚至灰尘，也不加拒绝，一概吸收。直把人的一个好端端的肺，闹腾成要命的气肿、尘肺，甚至肺癌。如此不称职的家伙，如果不尽快抹掉，早晚会使人类灭绝。

上帝，耳朵应该割除。好多年了，耳朵不是去倾听高山流水、蝉鸣鸟唱、风声雨声和丝竹管弦之声，而是倾心于各种机器的轰鸣声、子弹的叫嚣声、炸弹的爆炸声、珍稀动物死前的惨叫声，以及人类的呻吟声和各种无休止的矛盾、冲突、争斗和厮杀声。现在，人类为什么没日没夜地处于世界末日般的抑郁、烦躁和恐惧之中？就是因为耳朵总是收集和反馈这些魔鬼般的声响。不割掉耳朵，人类不仅会灭绝，还会灭绝得很惨。

上帝，眼睛应该剜去。蓝天白云、红花绿叶、碧海青洲，是人类一直以来梦寐以求的美景。可如今，眼睛这家伙偏偏要与人类对着干，变态似的追求着乌蒙蒙的天空、黑油油的河水、光秃秃的荒山、黄荡荡的荒漠、白花花的大地，以及贫困、饥饿、死亡和战争。不仅如此，好不容易哪个地方有了美景，他们就齐刷刷地盯过去，再牵引着脚步跑过去，不把美景糟蹋成败景不罢休。上帝，自欺也是一种安慰，剜了眼睛，让您的孩子们在黑暗中享受着想象中的如画美景吧。

上帝，腿脚可以废了。不知何时起，腿脚不愿行走了，一步也不愿走。他们宁愿接受长期不使用会萎缩作废的后果，也要千方百计地寻找代步工具。于是，地上的车辆越来越多，天上的飞机越来越繁忙，水上的轮船越来越密集。终于，尾气浓了，噪声大了，雾霾重了，温室效应发飙了，恶劣天气肆虐了，人类遭殃了。上帝，现在的腿脚对人类丝毫不起作用了，与其让他们若干年后自动凋落，不如现在就废了他们。

上帝，双手应该剁下。手在人类的发展中起过十分巨大的作用，不仅人类今天拥有的一切文明成果都是这双手创造的，就连人类本身也是这双手创造的。但是，不知从哪天起，这双手唯恐自己被小瞧，整日张牙舞爪地捣鼓来捣鼓去。上面所说的嘴巴吃的、鼻子嗅的、耳朵听的、眼睛看的，以及腿脚的退变，都是这双手具体执行的恶果。因此，并非我危言耸听：要拯救人类，只有剁下人类的双手。

……

上帝的眉头已蹙成了一团，他不想再听脑袋的絮叨，于是将脑袋的建议书丢到一旁，拿起其他器官的建议书。

上帝不由得大吃一惊：嘴巴、鼻子等器官把矛头清一色地指向脑袋——脑袋必须被斩下！因为脑袋整天歪门邪道地瞎琢磨，再对各个器官云里雾里地瞎指挥，逼得各个器官整天天翻地覆地瞎折腾。可以说，我们所有器官造的孽，也即上帝您此时正面临的难题，都是脑袋瞎琢磨、瞎指挥、瞎折腾的结果。如果器官必须精简一个，就一定是脑袋！精简两个，是脑袋！脑袋！精简三个，是脑袋！脑袋！还是脑袋！

上帝的眼睛红了："想不到啊，当年那么纯善的孩子，现在竟然被这些家伙给折腾成这个样子了。"

天使看出了上帝的痛心和不忍，顺势说："上帝，这次就饶恕他们，让他们自新去吧。"

"也罢，也罢！"上帝长长叹口气，"如果他们执迷不悟，不知悔改，终有一天，我要将他们全部废掉！"上帝泪流满面，却十分坚定地说。

我的前世今生

我是一张纸。

曾经，我是一棵树，一棵百年大树，在一片森林里。我的根扎得很深很广，呵护着每一粒泥土，不让洪水冲走。我枝劲叶密，力抵狂风，不让它祸害村庄。雨水充沛时，我将每一个细胞都灌满清凉的水；干旱时，我又动员每一个细胞以汽的方式将水释放。我是鸟雀的家，是走兽的庇护所，是太阳、月亮和清风嬉戏的伙伴。

一天，有人开来了"轰隆隆"的机器，我还没明白是怎么一回事，就在一阵撕心裂肺的疼痛中倒下了。很快，我被扒皮砍枝，大卸八块。迷迷糊糊中，滴血的我又被送进工厂里，接着被丢进高速运转的机器里。转眼，我粉身碎骨，成了一池黏糊糊的浆液。工人们又一番忙活，于是我华丽转身，成了白白的纸。

印刷厂里，一通横竖切割、翻滚印刷、正反折叠后，我成了一叠厚重的报纸。虽然我被浓烈的油墨熏得难受，但我知道我已经满腹经纶。我是有知识、有地位、有身份的纸了,再不是当初那个整日直面风吹日晒、霜打雪冻、雷劈雨淋的树了。我的心情很爽,很激动。

我优哉游哉地被送进领导办公室,我激动的心"怦怦"直跳——能充实领导是我无上的荣光。可是领导太忙了,他坐下后,慢悠悠地拿起电话,语速很慢,但语气很威严,根本不容对方说一句话。他刚放下电话,电话铃又响了,他一看就触电似的跳起来,捂着胸口,弯着腰,不停地点头,不停地说着"是""一定""请放心""保证完成"之类的话。他终于放下了电话,拍了拍胸口,端起茶杯。我知道,我该派上用场了——对领导来说,"喝茶、看报"是一对孪生姐妹嘛。可是没有,因为汇报工作的人来了,一个又一个。

好不容易,汇报工作的都走了。领导又端起茶杯,抿一口,我想这次一定轮到我了,因为我不仅有着他尊敬的大领导的大幅彩照,更有很多"重要指示""隆重会议""重大活动"需要他学习,需要他部署,需要他执行。不料几个副领导一起来了,他们围着领导坐下,开起了碰头会。碰头会刚结束,一个年轻貌美时尚的女子,扭着屁股挺着胸,走了进来。女子关上门,和领导坐得很近很近,动作很丑很丑,时间很长很长。

我等啊等,我被刺鼻的油墨呛得快窒息了。

又剩下领导一个人了,他又端起茶杯,伸出另一只手——我不再那么激动了,我只是急切希望他能展开我,让我好呼吸一口没有油墨的空气。可是,那只手伸向的是鼠标。我很纠结,我想质问他:那电脑上你要看的,我也有啊。譬如,明星绯闻与艳照,我57版到60版的都是;黄色段子,单61版也够你笑了,够你在饭桌上显摆了,够那个女子的玉手边打你边说"你真坏你真坏"了;至于那新马泰游、猛男宝典、植物伟哥、性病防治,我更是多得多。可是,我无法说出来。

终于,领导放了鼠标,伸个懒腰,喝了口茶。我冷冷地看着他,心想你的例行公事总该结束了吧,你总该让我呼口正常空气了吧。电话来了,我只听到电话里说什么"玫瑰大酒店",领导"嗯"一声,挂了电话,走了。

他就这么走了? 不错! 他就这么走了。

太阳偏西了,我昏昏欲死。门开了,进来的不是领导,是秘书和一个陌生人。陌生人竟然拿起了我,我突然悲哀起来,为什么不是领导而是这样一个邋遢的人呢? 但片刻我又高兴了:此处不用爷,自有用爷处! 我终于能发挥自己的价值了。

我高兴得太早了,我被陌生人胡乱捆扎在一堆有新的如我、旧的还沾有秽物的纸里。我进了废品收购站。至此,作为一份大报,很大很大的报,从早晨进入领导办公室到现在离开,期间除了秘书抹桌子时挪一下外,领导没看我一眼,谁也没看我一眼。

废纸堆里,有难兄难弟告诉我,我将再次被粉碎化浆,重新成为纸,开始来世。难兄难弟问我来世想做什么。

"来世做孩子们手里的字典、描绘梦想的图画簿,或者孩子们玩耍的纸飞机,哪怕做冥钱草纸、擦屁股纸也可以。"我坚定地说,"只要不做这一类报纸,做什么都行!"

我是一台想报废的机器

我是一台复印机，我想报废。

你可能会骂我不珍惜生命，因为你还不了解我的生活。

这不，上班了，办公室主任最先走来。他打开电脑（其实不是打开，而是动一下鼠标，因为电脑从来不关机），起草今天的《每日工作安排》。其实他根本就不需要起草，只需要改动一下日期，譬如昨天是 2005 年 8 月 26 日，他只需要改 6 为 7 即可。但就是这一点点的改动，却惨了我。你想啊，全机关近百号人，而《每日工作安排》必须人手一份。先是打印机"滴滴答……滴滴答……"地打印一份。然后，我就开始"哧哧哧……哧哧哧……"地复印一百份。

看着那一沓沓白白厚厚的纸，从我嘴里吞进又吐出，就结束了使命（他们拿到《每日工作安排》后，看都不看一眼，就丢进了废纸篓），我不忍心，我的心在流泪。我骂自己在犯罪，我就想尽早报废自己。

张秘书来了，他是来为领导起草讲话稿的。你可能不知道，我效命的机关是有名的"一天一小会，三天一大会，一周全体会"的机关，领导又是"开会必发言，发言必长篇"的主儿。更让我吃不消的是，这位领导还特讲究稿子的质量。

一次，张秘书写"女士们、先生们、朋友们、同志们……"，领导看了后把他骂了个狗血喷头，说怎么把我们的同志们放在最后呢？于是，我刚复印的100份稿子（每份至少用了20页白白厚厚的纸），就乐坏了收废品的老头。等我刚把修改稿搞定，领导却在报上看到中央领导讲话是把同志们放在最后的，于是又骂张秘书无知、无主见。张秘书于是又责令我把一大沓白白厚厚的纸吞进又吐出。

另一次，张秘书在表示序号的1、2、3后面用逗号。领导说应该用顿号，后来又说用冒号，最后说什么号都不用，用空格。可怜的我，领导每一次改变，我就得"哧哧哧……哧哧哧……"地从头开始，再复印一百份。这不，今天我刚把讲话稿搞完，张秘书又来了，原来刚才的稿子把七领导和八领导的排名搞颠倒了。

我是什么？我是机器不错啊，但机器也受不了这般折腾呀。我病了，我想这正是我避免继续造孽和求报废的好机会了。可是，这些人愣是不让我如愿。每个人都是医生，又都是蹩脚的医生。他们根本不知道我病在哪儿，就打开我的腹腔。然后，伤口也不缝合，就叫我工作。我当然不能，也不想就这样便宜了他们。可他们就不断地把一张张白白厚厚的纸塞进我肚子里，一遍遍地测试我，不行就丢，丢了再试。我心痛了，心软了，再也病不下去了。

终于熬过了上午。人走了，门关了，可是电还在我、打印机、电脑我们这三个可怜的拴在一条绳上的难兄难弟身上发威。我们"嗡嗡嗡"地呻吟着，体温一个劲地上升着。当然，和我们一起坚守岗位的还有那台大功率空调、几盏如昼的日光灯和呼呼运转的电表。

迷迷糊糊中，张秘书又来了。哦，想起来了，明天是全机关业务知识月考日。张秘书动一下鼠标,从电脑里调出那些考了无数次的试题。因为几位老同志眼睛不好使,所以字要特别大,四题就用了四张白白厚厚的 8K 纸。做完这个,我高烧得简直要爆炸。但我知道还没完,我还要把答案搞出来,人手一份!

我想报废,因为我的罪孽越来越深!这不,白天忙公事,晚上还得忙私事。"大作家"先来的。"大作家"是位勤劳多产的作家,每天都有新作问世,每天都要我把他的新作印无数份,投稿。虽然多年不见一篇发表,但他从不气馁,不懈地写,不断地印,不耻地投!

"啊诗人"也来了,我为什么叫他"啊诗人"呢?你看:

啊

你多么博大啊,你取之不竭

你是母亲啊,你养育了我

你给了我无尽的营养啊

啊

地球,我爱你啊

啊……

"啊诗人"和"大作家"一样,每天写,每天印,每天投!

我的脚下怎么这样凉?呀!张秘书这个败家子,他不关水龙头,水都流了满地。完了,水淹没了我的大腿,我就要报废了。天啊,我又不想报废了,因为我现在才明白,即使我报废了,还会有很多我的同类来继续我的罪孽。水淹没了我的腰,永别了!

对不起啊,我不是故意的。

一次失败的迁徙

你们的家——蚁穴,平静、温暖,却毫无征兆地剧烈抖动起来。

你们的侦察兵紧急出动,四面八方,急而不乱,侦察敌情。旋即,侦察兵赶回来,将敌情报告蚁后:你们的敌人,是几台庞然大物——大型挖掘机,正以排山倒海的气势,挖掘这座山丘。蚁后果断决定:按既定方案,迁徙!

军令如山,你们——你们一个个都是战士,迅速集结,又迅速兵分两路:一路先锋,火速行军,负责清除迁徙路上的障碍;一路护卫,跟随蚁后,保卫蚁后安全。与此同时,又一部分战士已汇集成一辆"战车",载上蚁后,浩浩荡荡,驰向新家。

迁徙大军,紧张却有条不紊。

先锋部队出发不久就遇上了第一个对手:一截比筷子稍长的横亘在路上的树枝。蚁后即将到来,时间紧急,你们不敢丝毫懈怠,再兵分两路,一路留下清理路障,一路绕过树枝,继续急行军以应对前方未知的敌情。

先说留下的这一路先锋。没有谁指挥,战士们即刻分列树枝两侧,上下颚同一时间咬住树枝,又同一时间发力。树枝缓缓向路旁移动。几分钟后,路障被你们成功清除。

这一路的战斗还未结束,那一路先锋已经在前方打响了另一场战斗：一只白白胖胖的软体昆虫，有人的小指那么大，慢条斯理，闲庭信步一般，蠕动在路上。你们来不及思考，甚至连看也没看一眼，就有几名战士攻了上去。但是，敌人的身上有着一层厚厚而黏稠的黏液，战士们一挨上就被粘住，动弹不得，更无法战斗。怎么办？你们焦急地围着这个古怪的对手，团团转，却无计可施。突然，像是谁的命令，几十名战士同时扑上敌人，虽然也被黏住，但感觉到异样的敌人立即在地上翻滚并随即全身沾满了灰尘，失去了黏性。你们一哄而上，咬死它，丢到路边。

两路先锋又汇合到一起，继续向前挺进。

一只螳螂发现了你们这支火急火燎的先锋部队，静静地守候在路边。等你们的战士发现螳螂的时候，已有数十名成了螳螂的腹中餐。这个敌人凶残又贪婪，肆无忌惮、不知满足地吞食着你们。你们没有思考的时间，扑上去，想找敌人柔软的腹部和翅膀攻击。但是，敌人只是轻轻地振翅，弹腿，甩头，攻上的战士就四下飞溅。这是一场敌强我弱的遭遇战，尤其是敌人的那张嘴，实在可怕，鸡啄食一般，轻巧地将战士们的一个个血肉之躯裹入腹内。

短暂的失败后，你们改变了战术，直接进攻敌人的嘴。敌人一开始肯定很高兴，因为不需要螳螂出击就有美味自动送进嘴来。可是，敌人的高兴还没有持续三秒钟，就知道上了当，上了大当——那么多美食同时塞进嘴里，根本没有吞食下咽的时间啊，而且还有美食在义无反顾、楔子一般地塞进来！更糟糕的是，嘴巴四周，突然也布满了密密的美食，一层又一层。你们真是太聪明了，霎时间就遍布了敌人的嘴内嘴外，束缚着敌人，撕咬着敌人。敌人还在试图将嘴巴从你们的尖齿和利爪下摆脱出来，可背上、腹部、尾部、翅膀，特别是肢节处，几乎同时遍满了你们。转眼，敌人的头颅被你们卸下，接着整个身子被大卸八块，丢弃在路上。等蚁后到来，这个富含蛋白质的家伙将成为蚁后迁徙路上的点心。

一条河挡住了你们的去路，这是此前未曾侦察到的——当然侦察不到，这是人类的施工队刚刚开挖的引水渠，宽度虽然只有两米，但水流湍急。你们遭遇了大难题！

蚁后即将到来，回头和改路绝无可能，只有渡水，来一场破釜沉舟之战。

困难前所未有，但对你们这支曾经从火海中抱团滚出的队伍来说，没有战胜不了的困难。

你们旋即向后转，形成方阵。第一排，退进水里，抓咬住岸边的草根和泥土，再相互缠扣，宛如一条铁链。第二排，爬过第一排，同样退进水里，抓咬住第一排的腿脚，又相互缠扣，向水面铺排开去。第三排，第四排，一排又一排，爬过去，爬向水面。水面上，当你们黑压压地铺排到脸盆大一层的时候，又一批爬上去，堆叠到第一层上，形成第二层。再爬上一批，形成第三层。一层又一层，厚厚的，紧紧的，形成了一艘能够移动的"战船"。

蚁后到来，被稳稳地抬上"战船"。

"战船"启航，驶向对岸。

足足一个小时，你们这支以减员三分之二为代价的队伍，成功地将蚁后渡过了水。有蚁后在，你们不出一个月就能将队伍恢复到以前的规模。

目的地近在咫尺。可是，你们这支历经艰险，一路过关斩将，战无不胜的大军，碰上了真正的对手。这是一位刚刚给他的庄稼喷洒了农药的农民,当他发现你们的时候,恶作剧一般,面带微笑,轻轻按压着他肩上喷雾器里残存的一点药水,一路走过……

他哪里知道,你们这支在他恶作剧下转瞬全军覆没的队伍,包括蚁后,刚刚经历了怎样惊心动地的战斗。

一次失败的追杀

好不容易,我和老刘摆脱了保护区队员的追捕,严格地说,我们摆脱了死亡。我们长长地嘘口气。

天渐渐暗下来,看来,今晚我们不可能走出这里了。我们也并不想现在就走出去,我们还不甘心:两个月了,我们依然两手空空。现在,我们唯一能做的就是找到那两只被我们追散的逃往这个方向的羚羊,哪怕只是其中的一只——只要一只,我们这些天的付出就都得到补偿了。

晚风徐徐吹来,拂面的感觉宛如那羊毫挠心,痒痒的,舒服极了。树林里飒飒的声响,是大自然特别的赏赐。山雾袅袅,让四周的山和山上的一切都置于神秘的仙境。我不禁为这些畜生能享受如此美的环境而愤愤不平。我多想在这儿住一夜,好尽情享受这本该属于我们人类的一切。但此时此刻,我已失去了所有的好心情。

老刘最先发现了那一串足迹。立即,我们的疲劳没有了。顺着足迹,我们很快发现了它们。不错,正是那两只羊,一大一小。

惨淡的夕阳下,它们站在那里,注视着我们。它们的眼神,既像充满恐惧,又像在警告我们。我和老刘摆好姿势,举起枪。只是,它们还不在我们的射程之内,我们只有靠近,再靠近……

两个家伙分明被吓破了胆,面对逼近的枪口,傻傻地站立,不动。偶尔,那只大的发出"咩咩"叫声。它是在向我们求情,求我们放它们一条生路吗?我们选定了最佳射击点,立定。现在,我和老刘,只要任何一个人的手指轻轻一扣,我们俩就可以高高兴兴地下山,自由自在地吃香的喝辣的了。

我和老刘都没有开枪。我们在想着同一个问题:近点,再近点,尽量让子弹打上它们的小腿上,或者打穿它们的眼睛。这样,我们即将得到的皮毛,主体部分没有弹孔,卖出去的价钱,会成倍地翻。

忽然,两只羊闪电般地掉头,向前奔去。我们在懊悔应该早一点开枪的瞬间,脚已经飞快地追了上去。羊的速度是绝对的了得,但我们也绝不是吃素的。人和羊仿佛达成了默契:羊在前跑,人疯狂紧跟。羊转弯,人也转弯;羊加速度,人也加速度。我们并不急于开枪,我们知道前面不远处就是悬崖——羊已逃到了尽头!我们要活捉它们,那样,价值更大。

忽然,大羊惊慌地"咩"一声,稍稍落后了一点。与此同时,小羊忽地跃起,不见了。我慌了,不能让大的再跑了!我发疯地向大羊冲去。大羊在做好了跳跃的准备动作即将跃起的一刹那,却猛然停住,又旋即转身,向我奔来!我想停下来开枪,但巨大的惯性让我无法站立,我的肥大的身子像开足马力的战车,向前冲去……

我撞上了那只羊,被弹回了几步。几个趔趄后,我站稳了身

全民微阅读系列

子,赶紧举枪寻找那只羊。只见那只羊稍稍下蹲,又轻轻一跃,划出一条弧线,毫无声响地落在两米开外的地方。一转身,不见了。

老刘因为刚刚被石头绊倒一下,才追上来。当他发现两只羊都跑了时,撂下枪,坐到地上,号啕大哭。

我也一屁股坐到地上,强忍着不让自己哭出来。我本能地向下一看,不禁大惊失色——我正站在一座刀削般不见底的悬崖上,只要再向前一两步,我必然粉身碎骨!

夕阳早已撤去,月光温柔地洒在这一片山上,山风轻拂,鸟雀的演唱会正在欢乐地进行。山与山的一切仿佛都有了几份暧昧、几份坦荡和越来越难以抗拒的诱惑。

我的心脏像被整座山狠狠地撞击了。那只大羊,显然,奔跑中就已经发现了悬崖。本来,它只需轻轻一跃,就能安全地到达对岸,而把万丈深渊留给正在侵犯它的家园、追杀它的敌人。可是,它却冒着被枪杀或撞下的危险,停下来,阻止它的敌人迈向深渊的脚步。

也许,它并不是为了救我,而仅仅是出于一种动物的本能。但就是这一点,也足够我羞愧了。

我双手将枪横举过头顶,狠狠地砸进悬崖。又拿起老刘的枪,砸下去。

鱼 王

那年,鱼王十六岁。

清晨,夏日的阳光在夜露的牵制下凉爽地洒在这片欢快涌动的水面上。一群汉子,在齐腰深的庙后塘里,光着脊梁,和着号子,奋力拉着一张十二丈长的大网。大网渐渐收拢,一条条擀面杖长的鱼开始在网里慌乱地跳跃。大樟树下的女人、孩子也乐翻了天——明天的端午节,又可以大饱口福了。

忽然,村那头响起密集的枪炮声。旋即,余家湾没入一片火海。有人哭喊:"鬼子进村了……"

深夜,微风吹拂,弦月当空。大樟树下,看着刚从鬼子魔爪里逃出来的娘——娘头发凌乱,满脸伤痕,衣服被撕扯成一片片。鱼王说:"娘,俺投军去,杀鬼子!"

赶走了鬼子,鱼王就要回家,他想娘(他不知道娘送走他的当夜就吊死在大樟树下)。师长说:"余德旺,仗没打完,别回家,跟俺干大事!"鱼王说:"怪事!俺当兵是打鬼子的,要俺动咱中国人一根毫毛,没门!"

回家后不久,师长又找到鱼王,说:"余德旺,跟我到台湾,享福!"鱼王说:"屁福!俺打鬼子,为的就是能在生养俺的土地上过安稳日子。往那地方跑,邪门!"

鱼王打鬼子时下身受过伤,有人劝他找个女人做伴。他不干。

一个人的鱼王,闲时就跳进庙后塘里,摸鱼。鱼王摸鱼,一个字——神。每次,大樟树下都会站着一群女人,看鱼王跳下水。不一会儿,不知会是哪个女人,就会有一条蹦跳的鱼贴着她的胸膛钻进怀里——鱼王不仅水性好,眼线也十分准。就在女人们嬉闹着、争抢着的时候,水面浮出一个人,手里抓着鱼,嘴里衔着鱼,下巴磕着鱼,腋下还夹着鱼。不待你数清多少鱼,"嗖""嗖""嗖"一条条鱼就跃到女人的头上、脸上、胸上、屁股上。又有女人喊:"俺没得,俺还没得!"鱼王一抬脚,于是又一条鱼跃过来。还有人喊,鱼王再一抬脚,又有鱼跳出来。鱼王上了岸,刚要跑,有女人又追上来,蹲下,抱紧他,掰他的腿。鱼王"嘿嘿"笑,腿一松,一条,或两条鱼,从胯裆里蹦出来。

鱼王摸鱼有规矩:不足一拃长的,不要;肚里有卵的,放生。有人舍不得,鱼王说:"不能吃了上顿不顾下顿。"

一九六〇年春,余家湾粮食吃完了,吃野菜;野菜没了,吃树皮、草根,但很快这些东西也吃不上了。这时的庙后塘,因围塘种粮,水面小了,水不太清了,鱼也少了许多。鱼王只得整天潜在水里,摸啊摸。看着大樟树下一张张菜青色脸,一双双饥饿的眼,风都能吹倒的女人和孩子,鱼王捧有鱼苗儿和大肚雌鱼的手是颤抖的,眼眶也溢满了泪。

过上了真正安稳日子后,鱼王常常一个人站在大樟树下,看树,看水,看水里三三两两呆滞的鱼。看得入神,入迷——他只能看,因为浑浊的水再也不能跳下去了。更糟糕的是,造纸厂建成后不久,连看也成了遭罪的事——乌黑发臭的水能让人窒息。

这天,鱼王拄着拐杖又来到大樟树下。村主任带着几个人来了,绕着大樟树指指点点。鱼王一打听,村主任要卖掉大樟树!鱼王跑回家,拿来大板斧,背靠大樟树,抡起板斧,说:"谁敢动俺一片树叶,俺就砍下他的狗头!"鱼王的眼睛都红了,骂,"老子杀过无数鬼子,没杀过中国人,今天你们这帮人,跟鬼子一个样,不让人过安稳日子!该杀了!"

"我就知道你这老'五包'一根筋!你知道卖了这棵树能买多少鱼?"村主任讪笑着,"罢了,看你老鱼王份上,不卖了!"

可是,第二天早上,鱼王看到的是倒在地上的大樟树。倒地的大樟树如一道山梁。树根被手指粗的尼龙绳一匝一匝紧紧地缠着,旁边散落一地的根屑,如森森白骨。大多数枝丫都被锯下,杂乱地躺在一旁。几根主枝孤零零地连着树干,浓浓的汁液还在一滴滴往外渗,活像鱼王浑浊的老泪。

鱼王在树上坐了一天,也流了一天的泪。村主任和买树的人也在村头等了一天,不敢靠近。傍晚,鱼王说:"你们过来,俺不怪你们了。俺求你们:一,这树比俺爷的岁数都大,是俺余家湾的招牌,你们尽快运到城里去,一定要栽活,要好生照料;二,俺死后,求村主任把俺埋在这树坑里。"

月夜,村主任带人来拉树。到了近前,就见大樟树一个翘起的枝干上,吊着一个人,是鱼王!村主任摇摇头,叹口气,摸了摸,早已僵硬了!

与人共舞

　　山林里，西北风开始肆虐的时候，我知道，大雪就要来了，我必须进行今年的最后一次捕猎。

　　往年，我们都是在大雪封山前半个月就储存好足够的过冬食物，可是，刚刚过去的这个秋天，两个猎人，一个大个子，一个小个子，闯进了我们的家园。最初，作为族群的首领，我带领几个身强力壮的兄弟前去狙击。可是，除了我，他们很快都倒在了枪口下。此后两个月里，我们虽然高度戒备，但我的族群还是由三十多个成员锐减为四个：我、我的妻子和两个孩子。

　　已经好几天没听见枪声了，他们大概下山了吧。我和妻子走出洞穴，爬上山顶。

　　北风呼啸得恐怖，我们警惕地四处张望。忽然，我的妻子一声凄厉的惨叫，迅雷一般将我扑向山谷。与此同时，枪响了，我的妻子倒下了。

　　两个猎人为仅仅得到我的妻子而拍着屁股懊恼。接着，"大个子"叫"小个子"下去寻找我的尸体——他们没想到我并没有摔死，也没有受伤。"小个子"犹豫了一下，还是冒险往下爬。

　　苍天有眼，"小个子"脚下一滑，惨叫一声，摔了下来。

　　"小个子"也没有摔死，却断了一条腿。他瘫坐地上，哭求山顶上的"大个子"救他。"大个子"看看幽深的山谷，又看看将黑的天,扛起我妻子的尸体,头也不回地走了。

当"小个子"发现我走向他时,立即脸色惨白,浑身颤抖,全没了平日端枪时的不可一世。我想笑,眼前却浮现出死于他和他同伴枪口下每一个同类的惨景。我心如刀绞,咬着牙,一步步逼近他。"小个子"连哭都不敢了,眼泪滚滚,双手撑地,一点点向后移。

终于无路可退了,"小个子"闭起眼,双手合十,向我作揖。人类就是这副德行,得意时,气壮如牛,唯我独尊;落魄时,胆小如鼠,没皮没脸。我忽然觉得上帝不公,当初,为什么要让猴子进化?如果赋予我们狼族以人的智慧,我们才不会像他们这样没有出息没有气节呢。

我对着"小个子"的脑袋,张开了嘴。我想再看一眼他丑恶的嘴脸,可是,由他的脸,我忽然想起了他的儿子——那个不久前跟着他在山林里玩耍的曾多次阻止他向我们开枪的可爱的小男孩。我的心不由地颤抖起来:"咬死他,那个可爱的小男孩怎么办?没有父亲的孩子,是多么的可怜啊……"

我竟然伸出舌头,轻轻舔舐起"小个子"脸上的泪痕……

"小个子"渐渐明白了我的善意,不再恐惧了。我将他拖进我的洞穴,我想等他伤好后,再让他回家。我更想通过他,向人类发出人与狼和谐相处的信号。

现在,我的洞穴里只剩下我、我的两个孩子和这个小个子猎人。

"小个子"不吃生食,我和我的孩子就顶风冒雪到外面给它捡拾树枝。我们又强忍着对火的恐惧,允许他用打火机生火,烧煮。一有空闲,我的两个孩子还轮换着给他舔舐伤口,为他消毒。

渐渐地,"小个子"能站起来了,我又配合他进行康复锻炼。那段时间,洞穴里,每天都会出现一幅人狼共舞的美妙画面:我努力直立起身子,双前肢扶着"小个子"的双肩,头抵着他一侧的腋窝。他微倾着腰,颤巍巍,一手扶着洞壁,一手抓着我脊背上的毛,一瘸一拐,艰难地挪步。我亦步亦趋,跟一步……不远处,我的两个孩子嬉闹的"唧唧"声,就是一曲曲优美的乐曲。

"小个子"一日三餐,很快就吃完了我储存的食物。我只得拖着瘦弱的身子走进漫山遍野的雪的世界,艰难地捕食。

那天,当我又一次一无所获地回到洞穴时,我的一个孩子死了。"小个子"流着泪,向我比画着我的孩子是饿死的。我哭泣着刨了个坑,打算将孩子的尸体埋了。"小个子"又哭着向我比画他饿得难受。我咬着牙,将孩子的尸体给了他,又不忍心见他架火煮炖,就躲到风雪中流泪。不几天,在我又一次外出捕猎时,我的另一个孩子也死了。我不知道,我孩子的生命怎么突然变得如此脆弱?

春风终于吹进了山林。现在,我需要好好睡一觉,养足精神,迎接春天。我梦见"小个子"将我带到他的家,和他的狗、猪,他的儿子、邻居,一起玩耍……

我笑醒了,却见"小个子"正举着一块大石头向我狠狠地砸来!我来不及爬起身,只听得脑袋"咔嚓"一声巨响……

"谁说我们狼狠毒?再狠毒的狼也比不过人啊!"我想说,可是我没有了知觉。

与野猪相遇

阿根是一名屠户，秋后，他到临山村收生猪。出乎意料的是，今年的临山村连一根猪毛都没有。问原因，村民们说是被野猪糟蹋了。野猪怎么会影响家猪？

原来，这些年封山育林效果显著，消失了三四十年的野猪重又回到了山上。野猪一来祸害就来了：地里的玉米刚灌浆，它们只消一夜就把上百亩的地给扫荡一空。村民们敲锣鼓、点火把、放鞭炮、挖陷阱、放狗撵、架高音喇叭，想尽了办法，效果却微乎其微。这两年，村民的收成不及过去的一半，连口粮都紧张，哪还有闲粮养猪？

阿根要到山上会会这些野猪。村民们劝阻，说野猪异常凶猛，一旦遭遇就危险了。阿根一笑："放心，我还能怕猪吗？"村民们也笑了，也是，阿根身高一米八，体重一百八十斤，从十六岁开始杀猪卖肉，都二十多年了，身上的杀气能让猪在百米外闻到并吓得浑身发抖。

半山腰上，阿根听到了"哼哼"声，一看，左前方一片山芋地里，一头野猪，全身油黑，少说三百斤，长而尖的嘴像铁犁一样插在垄条里，"哧哧哧"拱得欢。身后，鲜红的山芋一个个翻出来。每拱上一二米，它就回过头将山芋一个个咬碎又吐出，根本就不吃。

阿根猛然"嗨"一嗓子,野猪"哼"一声,抬起头,要跑,却又停下来,看着阿根。阿根没有贸然追去,抓起一个石块砸去,正中野猪屁股。野猪哼叫一声,向山下慢步跑去。

"笨家伙一定被我身上的气味吓着了。"阿根笑着追去。然而,就在阿根离野猪还有四五丈远的时候,野猪猛然掉头,箭一般地向他冲过来。阿根想闪开,但迟了,只得往地上一倒,野猪从他的腿上蹿过去。阿根刚要爬起来,野猪又冲回来。阿根就地几个翻滚,站起,跳上去,一把抓住野猪的尾巴。阿根不由大喜——任何猪,只要被他抓住尾巴就插翅难逃。可就在阿根准备发力提起的时候,野猪突然一个一百八十度转弯直冲向他的裆下。阿根急忙丢下野猪尾巴,从它的身上跳过。

阿根知道自己不是野猪的对手,慌忙向山上跑去。野猪哼叫着,紧追不舍。

到了山顶,阿根一看山那边是悬崖,就纵身向旁边一闪——他满以为野猪会冲上来并一头栽下悬崖,不料野猪却稳稳地在悬崖边站住了脚,旋即又掉头冲来。阿根大骇,拼命地奔向不远处的一块大石头。野猪随即跟上。阿根绕着大石头跑。野猪追着阿根不放。

十几圈后,阿根头晕目眩,知道自己快坚持不住了,就跑向下方一棵碗口粗的树。可是,不知是因为太紧张还是体力消耗过多,这棵看上去容易攀爬的树,阿根却怎么也爬不上去。恐惧中,阿根觉得野猪已经到了脚下,咬住了自己的腿脚,锋利的獠牙插进了自己的皮肉……

野猪并没有追过来,只是站在那块大石头旁,向着阿根"哼哼"大叫,示威一般。阿根抱着树,大口大口喘息,不敢正眼看它。

不知过了多久，野猪连看都不看阿根了，只在山顶上散漫地拱着土石。阿根转身想悄悄溜下山，眼前的场景让他懵了：二十米外，一群野猪，少说十头，正虎视眈眈地看着他。阿根明白了，山顶上的野猪其实一直在麻痹他，以便等待援军的到来，好对他前后夹击。这些笨猪，原来竟如此凶残狡诈！

阿根知道自己完了，双腿颤抖，脸色惨白，挪不开脚。

几分钟过去了，野猪群并没有攻上来。阿根的心刚刚有些放松，山顶上的野猪却慢慢走下来。阿根不由地又紧张起来。谁知那头野猪竟然径直走进了野猪群——经过阿根身边时，看都没看他一眼，似乎什么事都没发生过。"哼唧哼唧"声中，野猪群钻进了树林。

"野猪为什么会放过我？"阿根一直想不通这个问题，直到后来遇到一位老猎人才解开谜底。老猎人说："当你跑向高处或居于高处时，对野猪来说，你是在向它挑战，它当然不屈服。当你跑向低处或居于低处时，它认为你已经臣服于它，因此不必再进攻你。"见阿根满脸疑惑，老猎人又说，"这只是野猪的一个特点：虽然凶猛，却从来不进攻弱于自己或臣服于自己的对手。"

"可对于那一群野猪来说，我是在高处啊……"阿根依然疑惑。

"野猪的第二个特点是，"老猎人认真地说，"除非受到攻击，不然绝不会以多战少！"

遭遇大白鲨

澳大利亚西海岸,阳光和煦,微风习习,蓝丝绸一样的海面上,海浪商量好似的,手牵手,肩并肩,脚跟脚,优哉游哉,悄无声息。

博特和温克耶驾着小渔艇,随波逐浪。发动机激起的浪花,碎玉一般,洒在柔软的"蓝丝绸"上,瞬息也温柔起来。

博特倚靠艇舷,一手夹着烟卷,一手举着望远镜,眺望如画的海面。温克耶打开一听金枪鱼罐头,凑近鼻子嗅了嗅,继而一个夸张的赞美动作。他们的面前,煮沸的咖啡,香气袅袅,只引得大大小小的海鸟在头顶上贪婪地盘旋。

"嗨!伙计,看,那是什么?"博特惊叫道。

温克耶拿过望远镜,望去,百米外的海面上,一大片水花,宛如数只大大小小的白天鹅在悠闲地舞蹈。

"鲨鱼!是鲨鱼!"温克耶兴奋的语气里又分明夹带些许的担忧,"伙计,我们得让开这个大家伙吗?"

"不,它是一只海豚。"博特端起咖啡盏,抿一口,"伙计,你见过这么温柔的鲨鱼?"

"不错,这里离鲨鱼区还远着呢。"温克耶仿佛又有了些许的失望,"不过,我还真希望见到那个大家伙,一定很刺激吧,伙计?"

　　"白天鹅"踩着舞步越来越近，不到三十米了。"真是大家伙！伙计，快跑！"博特突然惊叫，丢下望远镜，加大马力，柔软的"蓝丝绸"立即"碎玉"飞溅。

　　"轰隆隆"的马达声里，温克耶提高嗓门："没这么夸张吧，伙计，我真想会会这个大家伙。"博特不搭话，将马力加到了最大。

　　那边，"白天鹅"不再是舞蹈，而是低空飞翔，伴随着"哗哗"的水声。近了，主角清晰了，真是一头大白鲨。温克耶来不及惊叫，大白鲨就游到了小艇的一侧，比小艇还要长出一二米。

　　大白鲨分明没见过这种在水面上"哒哒哒"快速游窜的黑家伙，几次要撞过来，又退了回去。随行几十米后，大白鲨一头栽进水里，不见了。可是，不待博特和温克耶缓一口气，大白鲨从小艇的另一侧又冒了出来。它仿佛将小艇摸出了底细，竟然用一侧的鳍轻轻触碰着小艇。

　　"不能让它知道我们不是它的对手，快！伙计，用那个棍子，抽它！抽它！要狠！狠！"博特命令温克耶。

　　温克耶不敢怠慢，拿起一根手腕粗的棍棒，对准大白鲨的头，狠狠地抽下去。大白鲨应声沉入水底。温克耶又举起棍子，做好了再抽下去的准备。博特操起另一根棍子，也双手举起，站在小艇的另一侧。

　　"大家伙被我抽死了？"温克耶似乎松了一口气。话音未落，海面上突然射出一个"大弹头"——博特和温克耶如果见过海基导弹从海底射出的场景一定会这么形容。"大弹头"在海面上飞行了一二十米后落下，继而又射出，一头撞上艇尾。小艇似乎飞了起来，在海面上跌跌撞撞。博特和温克耶跌倒在艇仓里，木棍都脱手而飞。

小艇还在左右摇摆，博特和温克耶扶着艇舷刚要爬起来，大白鲨又一头撞来上。小艇像挨抽的陀螺，在海面上飞快地旋转起来。

"都是你，你不该抽打他，伙计，我们完蛋了！"博特对着抱头躲在艇仓里的温克耶惊恐地说，"或许，他一开始只是想陪我们玩玩。"

"是你让我抽的。"温克耶对着同样抱头躲在艇仓里的博特，哭丧着脸说，"你不该让我抽打我们的朋友。"

大白鲨越来越暴躁，冲撞的频率和力度也越来越大。小艇几次差点倾覆，艇仓里已积了齐脚踝深的水。

大白鲨又撞上来，"哒哒哒"的马达声戛然而止。天啊，马达坏了！小艇在惯性的作用下向前游了一段距离后，就在海面上摇摆颠簸。

按刚才的频率，大白鲨应该又要撞来了，却没有。

"它撞昏了吗？"温克耶颤抖着从艇仓里探出头。大白鲨没有昏，却不再是刚才那样的暴躁，只是在绕着小艇游动。

"是马达停了，它才平静的。"博特若有所悟，"该死的马达，我们早该关了它。"

"它怎么还不走？"温克耶问，"它还需要我们的道歉吗？"

"对，我们应该向它道歉，快把罐头送给它！"博特拿起一听金枪鱼罐头，又递一听给温克耶，"记住了伙计，动作要温柔，别扔它头上。"

两人扒在艇舷上，将罐头一块一块，轻轻丢到大白鲨嘴边。大白鲨先是用嘴拱了拱，继而一口吞下。它的动作也越来越温柔，几次因为等不及还抬头用嘴触碰两人的手。

几听罐头喂完了,大白鲨又绕着小艇一圈后,一头沉进大海,不见了。

海面上重又铺上了一层天蓝色的丝绸。

Baby 的幸福生活

"嗒……嗒……"她怀抱 Baby,微昂着头,步伐轻盈,径直走进小包间,坐下。服务生及时端来一盆飘浮着红花绿草的清水,毕恭毕敬,站定一旁。她伸出手。另一名服务生急忙在她手上涂抹洗手液,动作轻柔。她将手掌、手背、手指、指甲、指甲缝,仔细地洗了又洗,再拿起服务生递上的蒸烫的毛巾,轻轻擦拭。

两盘炸鸡腿已摆上面前。她让 Baby 斜躺到左臂弯里,左手拿一根鸡腿,右手拇指和中指长长的指甲微微探出,轻轻搛下一小块酥脆嫩黄的鸡皮。鸡皮还烫,她抿起嘴,只露出点点缝隙,徐徐吹气。Baby 已等不及,在她的怀里不满地扭动着,她急忙吹上几口气,将鸡皮放进 Baby 嘴里。

Baby 今天的食欲分外好,她搛鸡皮的速度明显跟不上。她只得一边加快搛的速度,一边嘴巴不停地吹。渐渐地,她的额头渗出了密密的汗珠。门口的老阿姨急忙上前,伸手要来帮忙。她胳膊肘一拐,挡住。Baby 仿佛对老阿姨很不满,闭上嘴,不吃了。她赶紧来哄:"都是妈妈不好,让老奶奶脏手碰了。Baby 不生气,老奶奶也没碰上。哦哦……妈妈错了,妈妈给 Baby 换鸡腿。"于是喊服务生，重新上鸡腿。

等她迈着精巧的步子出了店，一个小时已经过去了。老阿姨笑着，又照例拿来几个饭盒——Baby 从来只吃鸡皮，鸡肉一丝不少地被丢在桌子上。老阿姨今天更高兴，就因为刚才想帮忙而伸了一下手，就多得了五个鸡腿。老阿姨笑眯眯地拾着鸡腿，想着拿回家，一家人有多么高兴。

城市已是一片雪的世界。用餐后的 Baby 是不习惯坐车的，她解开大衣，将瑟瑟发抖的 Baby 紧紧裹起，抱着走回家。回到家，大功率空调慌乱地吹送着热气，但 Baby 还是不停地发抖。她想赶快给 Baby 洗个热水澡，Baby 却重重地打了个喷嚏。她慌了，一摸，Baby 身子有点烫。她"哎哟"一声，抱起 Baby 就跑。

"Baby 生病了。"她命令她的司机，"快，上医院！"

她不断催促司机加大马力。可是，红灯却仿佛故意与她和她的 Baby 过不去——每到一个路口，就不急不慌地亮起来。她急得在车上直跺脚，骂该死的红灯、该死的交警、该死的雪、该死的所有挡着她车子的车子和行人。

Baby 裹在她的毛大衣里，还是抖得厉害。她掀起毛衣，将 Baby 紧贴在她的胸乳间。她还想骂，但她又不知道骂谁。又遇上红灯了，Baby 又重重地打了个喷嚏。她受不了了，一脚踹上驾驶座的椅背，命令司机冲过去。司机慌了，狠命地踩油门，一个下晚自习的女孩，刚跨上斑马线，她的车就开过来。女孩倒在地上。

司机急忙刹车，要下车。她又是一脚，不许。司机说："那是一条人命啊……"她说："她自找的！你要是耽误了 Baby，你就和她一样！"

医院门口已等候了很多人，她的车一到，就立即有人跑上前，打开车门。医生的担架也快速抬过来,她不理睬,抱着 Baby 向急救室跑,"蹬蹬蹬……"高跟鞋心急火燎地撞击着地面,渲染得整个医院一片恐慌。

尿检、血检、CT、X 光……院长抱着 Baby,一项一项地检查,很快就满头大汗。专家会诊后,院长露出了笑容,告诉她:"Baby 只是受了点凉,轻度感冒,没大碍。"她火了,指着院长的鼻子:"没大碍?什么叫没大碍?"她将那个"大"字加重语气,手指就要戳上院长的鼻子,狠狠地骂,"告诉你,Baby 要是有个三长两短,你就给我下课!"院长又慌了,抱着 Baby,再向各检查室跑。后面跟着一大群人,也同样跑。

她也不歇着,嘴里不停地骂,骂一切可以骂的人。手机响了,她让司机接。司机告诉她是哈尔滨的电话。她又骂一句,很不情愿地对着手机说:"老妈呀,都什么时候了,你还让不让我活了?"

一个苍老的声音从话筒里传出来:"我又犯病了,冷,怕不行了……"

"Baby 也病了,我都顾不过来了!"她的声音充满了委屈和怨恨,"啪"地挂了电话。

的确,作为一条狗,Baby 是幸福的!

吃　鱼

　　那天下午放学，初夏的阳光还在火辣辣地照着大地。刚到院前，一股浓烈的鱼香扑鼻而来。我深吸鼻子，确定源头就在我家。

　　我冲进厨房。灶台上，盘子里，两条鲫鱼，和铅笔差不多长，表皮微微焦黄，还撒了葱花。我端起盘子，鼻尖挨着鱼，贪婪地闻着，恨不得将那香味全部吸进肚子。我更想将那两条鱼吞进肚子，但我不能，我知道，今晚一定是王婶要来了。王婶是我残疾的哥哥的媒人，她每次来，母亲都要烧两条鲫鱼，而且，由于王婶特别喜欢吃鱼，我们连一口鱼汤也喝不到。

　　母亲不在家，许是借肉或鸡蛋去了。看着那淡黄色的上面还铺着一层亮晶晶薄衣的鱼汤，我禁不住抿了一小口，鲜味立即充塞全身每一个毛孔。再喝一口……

　　我竟然喝光了鱼汤。

　　母亲还没有回来，王婶每次吃鱼的情景出现在眼前：喝酒时，母亲夹一条鱼放她碗里，她一口咬掉鱼头，嘴巴"咝咝"地吸几下，稍一咀嚼就吐出一小团鱼骨，接着咬鱼尾……吃第一碗饭时，母亲将另一条鱼夹给她。吃第二碗饭时，母亲将鱼汤全倒给她。常常，我坐在门槛上，眼巴巴地看着，祈求王婶吃一碗饭就饱了，就能把鱼汤剩下了，或者把鱼刺吐在桌上而不是吐在地上被狗吃了，但王婶根本不顾我的想法……想到这，我恨起了王婶，抓起一条鱼,像她那样,一口咬掉鱼头……

我一定是中了邪或是吃了豹子胆——我将两条鱼吃光了。

就在我开始意识到问题的严重性时,突然觉得喉咙有异样。我轻咳一声,疼!再咳,更疼!完了,我被鱼刺卡了。于是一种更大的恐惧袭向我。

我瘫坐于地,想到了黑毛爹——黑毛爹得了癌症,临终前想吃鱼,家人好不容易弄了条鱼,他吃后夜里就死了。妈妈常常对我说他是被鱼刺卡死的。他那么大的人鱼刺都能卡死,我这么小的人还能活吗?我不想死,我死了,我的牛,我的伙伴,我的父母,还有我那即将过门的有点傻乎乎的嫂子,我都见不到了。我怕死,死后我将被埋在那有着很多坟堆和黄鼠狼、野狗的南岗,夜晚,那里阴风呼呼,还有鬼唱歌。

我躺在床上,只觉喉咙越来越疼,我知道我离死越来越近了。我急切希望母亲回来。可是,天都快黑了,母亲、父亲、家里所有的人,都没有回来。恐惧,裹挟着夜幕,越来越重地压着我。

母亲回来了,她是小跑着回来的。我低低喊一声。母亲不理我,跑进内房,拿了什么东西就又要出去。我提高声音喊:"妈,我……要死了。"母亲没有我想象的那样抱着我哭,更没有问我还想吃什么(那时,人死前家人总会设法满足他吃的要求),而是头也不回地说:"死了好,死了就不要我花钱又受气了!"

我不恨母亲,我知道母亲一定又是遇到了难事。我隐约觉得与哥哥的亲事有关,难道是嫂子家又要毁约?是王婶又责怪母亲对她招待不周而作梗了?我管不到这些了,我现在是在等死。我只有恐惧。恐惧死后怎样过凶猛的恶狗村,怎样走危险的奈何桥,怎样喝剧毒的孟婆汤,怎样对付死人们的丑脸、吓唬和打骂……

喉咙还在疼,我困得要命,但一点儿也不敢闭上眼——奶奶说过,要死的人眼一闭,赤发青眼绿鼻、鹰爪獠牙钢腿的索命鬼就来拖他走。我强睁着眼,绝望地看着屋顶。

母亲终于回来了,一家人都回来了,小姨也来了。

母亲一进门就坐到地上哭——哥哥的亲事真的结束了,真的是王婶从中作的梗。我忽然觉得王婶作梗是因为我偷吃了鱼,就跟着母亲哭起来。

小姨走过来,问我怎么了。我怯怯地说:"都怪我,我……我偷吃了王婶的鱼……"

"吃了好!你不吃也是被猪吃了,这几年我家的鱼都是被猪吃了。"母亲哭着说。

小姨擦着我的泪,安抚我:"不怕了,你妈不怪你了。"可是我依然伤心地哭着。小姨很焦急,问我到底怎么了。

"我被鱼刺卡了,和黑毛爹一样,今晚就要死了。"我哭得越发伤心。

母亲像是突然明白了什么,快步走过来,抱着我:"我的傻儿子,鱼刺卡不死人,妈妈以前是骗你的。"母亲又对满脸疑云的小姨说,"还不是因为那黑心的女人?为了把鱼省给她吃,我一直吓唬孩子鱼刺能卡死人……"

小姨从锅里盛来一勺冷饭,说:"姐,以后千万别乱说这样的话了,看把孩子吓的,枕头都被泪水湿透了。"小姨让我把饭团整个吞下,我照做。

鱼刺真的没有了——满天的乌云立即消散,心中的巨石猛然落地。

那年,我八岁。

那次,是我第一次吃上整条的鱼,也是我第一次实实在在地感受死亡的恐惧。

废墟七日

铁梅将两大包食品往卧室的地板上一丢,就伏在地板上休息。逛了一上午的街,她早已疲惫不堪了。

稍稍缓过劲,铁梅拿过肯德基,可那种曾经最诱惑她的香味却让她恶心——疲劳,让铁梅失去了食欲。丢掉肯德基,铁梅撕开一袋花生米,倒几颗在手里。

铁梅似乎摇晃了一下。铁梅又一次摇晃起来,还有玻璃的抖动声。铁梅的房子在剧烈颠簸,玻璃在"哗啦啦"地坠落,地板在撕裂……一种天外来力,瞬间将房子击碎着倾压而来。

铁梅没有死,依然伏在地板上,但下半身被一块水泥板重重地压着。她大声呼救,却没有人应答。铁梅咒骂黑了心的该死的建筑商,又制造了一起"豆腐渣"。铁梅想解放军现在肯定正奔向这儿……

解放军没有来,破碎的阳光却开始暗淡。铁梅开始寻找那两包食品,但它们被压在废墟下,连个影儿也不见。铁梅后悔将它们丢掉,或者丢近一点儿也好。人总是在不断地制造着疏忽,疏忽之后就后悔;后悔后又不吸取教训,再疏忽,再后悔……还好,铁梅手里还攥有花生米,九颗。

铁梅又庆幸起那只她早想丢还没来得及丢的鱼缸,鱼缸里有浑浊的水——世事总是充满戏剧性。可是,铁梅的手臂够不着鱼缸。当铁梅发现手腕上妈妈用输液管编织的小饰物时,高兴了,她小心地解开输液管,又艰难地将它的一头丢进鱼缸,一头放进嘴里。

第三个黑夜降临了。不断发生的余震早已告诉铁梅,该死的不是建筑商,而是天或地。饥饿,让铁梅恨不得啃食混凝土(好在手边的半盒纸巾让她一次次抵御了自己的欲望)。铁梅不再强迫自己多睡以保存体力,她知道现在睡过去就可能永远醒不来,至少会减少被救援人员发现的机会。她不愿意就这样死去。

眼前仿佛有什么在走动,耳里也隐约有窸窣的声响。铁梅努力看去,一只不大的鼠正在喝鱼缸里就要见底的水。鼠东西,什么时候都要害人!铁梅愤恨的同时,眼睛突然一亮:如果捉住它,吃了它,至少能多撑上三天。铁梅想。可是,怎么才能捉住它呀。

鼠喝了水,就发现了水泥板下的食品,但钻不进去,急得"吱吱吱"叫。有几次,鼠都到了铁梅手臂可达的范围了,但铁梅就是抓不住它。鼠的胆子越来越大,多次挑衅似的冲击铁梅,甚至跳到她的后背上。铁梅很恼羞——虎落平阳被犬欺啊,作为一名"白骨精",在公司里她从来都是呼风唤雨的人物,可现在,一只耗子都能欺负她!铁梅暗暗发狠:一定要抓住它。

铁梅决定用她仅剩的三颗花生米做诱饵。

铁梅放一颗花生米在地板上,手拿一块砖石,只等鼠过来就砸。可又一个余震袭来,花生米滚到了鱼缸边。鼠一看,迅速跑过去,倚在鱼缸上,悠闲地啃一口花生米,再看一眼铁梅。它成心在气铁梅，它断定了铁梅不敢砸它——砸了它，也就砸碎了鱼缸。

第五天了，铁梅还在和这只鼠周旋着，她仿佛忘记了饥饿。她决定用最后一颗花生米做赌注。铁梅摊开两掌，掌上放着花生米，两眼紧紧地盯着鼠，只等它一过来就两手同时出击。但鼠只是蹲在一旁，盯着铁梅和花生米，就是不过来，或偶尔做一个跳跃的动作，惹得铁梅两手徒劳一阵子。铁梅知道自己在和鼠比耐力，一种久违的儿时玩游戏的感觉猛然涌上了心头。鼠分明窥见了铁梅在分神，纵身一跃，叼起花生米，跑了。

铁梅不生气了，反而呵呵地笑。铁梅感到那鼠又跳到了自己的背上，刚想去抓，背上却滚下一个东西，一看，是那颗花生米。铁梅赶紧将花生米放进嘴里。与此同时，一种从外到内的舒坦遍及了铁梅的每一个毛孔——鼠正在她的后背上轻轻地抓搔和舔舐……铁梅谨慎地享受着这种感觉。

很快，铁梅的后颈、耳朵、脸颊上也舒坦了起来。

小东西终于跳上了铁梅的手掌，睁着两只小黑豆似的眼睛，静静地看着铁梅，样子既好奇，又可爱。铁梅轻轻抓住它。它也不跑，还将几只小爪子在铁梅的手心里轻轻地挠着。铁梅将它捧到面前，爱抚地看着它。它也睁着两只小眼睛，爱抚地看着铁梅。铁梅觉得不久前想用它的血肉维持自己生命的想法，十分卑鄙。铁梅和小东西嬉闹着。多少次，铁梅实在要睡去了，都是小东西将她弄醒，甚至还几次狠狠地咬了她。

第七天，在小东西又一番的啼叫、抓搔、撕咬下，铁梅醒了，她听到废墟外有人在喊话。

铁梅和外面的人搭上话的时候，小东西一闪身，不见了。

黑精灵

文教授中风后,落下了两个后遗症,一是记忆力大减,往往转个身就忘了刚刚发生的事;另一个是一条腿废了,无法独立行走。文教授没有老伴,女儿虽然算得上自己的一条"腿",但她有自己的工作,还有即将到来的结婚生子,文教授知道不能也不该指望太久。

去年春天的那个下午,女儿照例将文教授送到潜河公园后就上班去了。文教授坐在一条长椅上看书。天渐渐暗下来,按说女儿应该来接自己了,但女儿却遇上了急事,一时来不了。百无聊赖中,文教授看到一条半大的狗,乌黑,干瘦,浑身黏满花糊糊的垃圾,怯怯地走过来。文教授立即闻到一种说不清的气体,喊一声。狗大惊,跑了。

河边的路灯亮了,女儿还没有来。文教授漠漠地坐着,呆呆地看着欢快流淌的潜河,只觉得自己是一个弃儿。那条流浪狗又来了,蹲在文教授脚下,静静的。文教授又要赶它走,但就在他抬起那条健康的腿要踢过去的时候,他看到了那两只眼睛,黑亮亮的,黑豆一般,幽幽地注视着自己。文教授心头一颤:它是在可怜我吗?抑或,它也是在为我们"同是天涯沦落人"而感伤?文教授顺势将那条腿轻轻地落在狗的头上,又好玩似的擦了擦。那狗立即发出顺从的"唧唧"声,还伸出舌头柔柔地舔舐文教授的脚踝。

　　反正也是无聊，文教授用手撑着台阶，挨到水边，向那狗招着手，亲切地叫道："黑豆，黑豆，你过来。"那狗竟然听话地走到文教授身边。文教授坐在台阶上，给它洗澡。

　　等女儿赶来的时候，文教授和这条被他称作"黑豆"的流浪狗，俨然成了一对老朋友。

　　黑豆比女儿好用多了：文教授坐在沙发上，需要什么，叫一声"黑豆"，指指或者比画一下，黑豆就立马"拿"过来。特别是半年后，黑豆就长得小牛一般，高大、健壮，文教授行走时，它就直起身，头抵撑着文教授的右腋窝，两前腿抱着文教授的腰。如此，文教授仿佛有了三条腿，虽然走起来有点慢，但稳稳当当。

　　有了黑豆，女儿不久后就放心地结了婚，过她的小日子去了。

　　这个周末，女儿带着小外孙回来探望文教授，舒舒服服地吃了文教授和黑豆给她做的午餐后，就邀上闺蜜去逛街。文教授忙了一上午，也累了，一趟到床上，就酣然入睡。

　　酣睡中，文教授感到黑豆在耳边吠叫，还抓打他。文教授有些不高兴，心想调皮也不能声音这么大，手脚这么重啊。可黑豆的叫声越来越急躁，动作也越来越粗暴。文教授知道出事了，睁眼一看，卧室外火光一片。文教授下床的同时就抓过枕巾，在床头柜上的鱼缸里一按，一搓，捂上口鼻，又端起鱼缸，连带着里面的鱼，往黑豆身上一浇。与此同时，黑豆已经直立起身子，两前肢抱着文教授的腰，头撑着文教授的腋窝，稳稳地架着文教授往外走。

　　火源在客厅里，文教授睡前忘了关闭烘小外孙尿布的电火桶所引起。文教授和黑豆很快就到了大门口，但那儿燃起的两大包衣物挡住了他们的出路。文教授倚着黑豆蹲下身,想用双手扑灭火堆,但没用。文教授知道自己过不去了,一手扶着门前的玄关,一手狠狠地推开黑豆,叫道:"黑豆,快跑! 跑!"黑豆听了,丢下文教授,跳过火堆,用两前腿熟练地打开门,跑了出去。

文教授正为自己以这种方式告别人世而悲叹时,黑豆叼着一根木棒,纵身跳进来,跳到文教授身边。文教授立即接过木棒,打灭火堆,又急忙撑着黑豆,往外走。到了门外,文教授一只手刚扶上墙,黑豆又丢下他,转过身又跳进了房子里。

房子里火光冲天,文教授绝望地叫着黑豆。他不知道黑豆为什么又要跑进房里去,跑进去送死。

黑豆又回到了门口,嘴里叼着一个棉被包。文教授一见,就哭叫着手脚并用地爬过去。外面已经跑来了几个人,抱着文教授,不让他过去。

"我的宝宝,我的宝宝啊……"文教授哭叫着——那个棉被包里是文教授的小外孙,刚才在另一个房间里睡觉,只是被健忘的文教授给忘了。

门口刚刚被打灭的火又重新烧起来,而且火势更大。黑豆叼着棉被包,跳过火堆的时候,宛如一个黑色的精灵。

小外孙几乎没有受伤,黑豆却烧伤严重。

"黑豆啊黑豆,我只是收留了你,你却用命来回报我,救我两条命!"文教授抱着气息奄奄的黑豆,泪流满面,"黑豆啊,你叫我如何回报你……"

红蜘蛛

西天的最后一缕阳光,从窗子照进寝室抚摩在马力脸上的时候,马力醒了。揉揉惺忪的眼睛,马力才意识到肚子早已空空。"怪不得梦中好几次坐在肯德基店里呢。"马力苦笑了,头还是昏沉沉的。他算了算,这一觉虽然睡了近 10 个小时,但相对网上连续 22 个小时的黏糊,毕竟少得多。

晚饭时间到了,马力得赶紧吃饭,他知道他亲爱的"黑蚂蚁"已经上线,已经在等着他了。

马力拿起饭缸向食堂走去。双休日,吃饭的人很稀少,食堂里出现了平时难得的冷清。窗口处三三两两的人,漫不经心。马力走到那个美女的窗口,与美女相视一笑,递过缸子,说:"老规矩,三块钱菜,五毛钱饭。"美女应一声,很快打好了饭菜,放到窗台上,又看着马力,微微笑着,等着他刷卡。马力一边看着美女暧昧地笑,一边将卡插进刷卡机。忽然,马力的脸红了,他想起了他卡上的钱昨天被几个 MM 在肯德基消费掉了。现在,他的卡上,一分钱也没有!

马力不知道自己是怎么走出来的,只记得那美女怪异的笑声,伴着他,一直到门外。

饭菜虽然端了回来,但马力的肚子仿佛饱了——这个月已经过去了一周,但这个月的"薪水"还不见打过来。马力气冲冲地拿起电话。

拿起话筒的那一刻，马力随手按下电视机按钮。号码还没拨完，马力却被正在播放的电视节目吸引住了。电视上放的是马力喜爱的动物专题片，尤其是那个动物的名字竟然就是他的网名"红蜘蛛"。马力放下电话，从室友袋里摸出一支烟，点上，专注地看电视。

一只生活在非洲沙漠上的雌性红蜘蛛，花了一天时间，产下一百粒左右的卵。母蜘蛛为了卵不受其他昆虫的侵害，强撑着尚未恢复的身子，艰难地吐出黏黏的丝，一道又一道，将卵严严实实地裹起来，裹成一个蚕茧状的卵包。母蜘蛛还是不放心，一刻不离地守护在卵包旁，直到一个月后，卵包裂开一个小口子，小蜘蛛们一只只地爬出来。

小蜘蛛们一出来就要吃东西，好在母蜘蛛适时地产下了十几粒食物。三天后，小蜘蛛们吃完了这些食物，身体也明显长大了。母蜘蛛开始领着小蜘蛛们四处寻找食物，但小蜘蛛们好像天生就是好吃懒做的家伙，根本不按照母亲的意志去做，总是一群一群的，互相追逐，互相嬉闹。待母蜘蛛捕到食，它们就一哄而上，你争我抢。吃完后，它们又开始追逐、嬉闹。

终于，母蜘蛛捕获的食物再也填不饱小蜘蛛们的肚皮了。

可能是饿极了吧，小蜘蛛们停止了嬉闹，一个个聚集到母蜘蛛身旁。开始是几只不友好，向母蜘蛛动手动脚。后来是一群，一大群，然后是全部，向母蜘蛛动手动脚。接着，一只，两只，无数只，爬到母蜘蛛身上，拳打脚踢。母蜘蛛像做错了事的孩子，一动不动，任凭它的孩子们向自己发泄不满。忽然，一只小蜘蛛将它那吸管一样的尖嘴狠狠地插进母蜘蛛的体内。突然的疼痛使母蜘蛛浑身一震,直震得几只小蜘蛛滚落下来。母蜘蛛又仿佛立即意识到了什么,赶紧静止下来,伏在那儿,一动不动。几乎同时,上百只"吸管"争先恐后地捅进母蜘蛛体内。母蜘蛛的身体在微微颤抖,但依然静静地伏着,任凭自己的体液源源不断地流进小蜘蛛们的体内……

马力手中的烟已经燃尽,但没有发觉。只听解说员说:"母蜘蛛用自己的体液满足了儿女们四天的营养。更重要的是,母蜘蛛用自己的血肉唤醒了儿女们捕猎的天性!四天后,在吸尽母亲最后一滴体液后,已经长成成虫的小蜘蛛们一哄而散,开始了自己的独立生活……"

马力的手猛然一抖,抖落掉烧到手指的烟蒂。电视上,那放大的、静止的小蜘蛛刺向母蜘蛛的尖嘴,让马力不由得想到那刺向母亲血管里的抽血的针头!

马力又一次拿起电话,拨起那串熟悉又陌生的号码。电话"嘟嘟嘟"地叫着,直到传出无人应接的信号。

马力看着霓虹灯下的大学校园,同学们正三三两两、成群结队地散步或戏耍。马力的眼睛湿润了,喃喃地说:"都这么晚了,妈妈,您到哪儿去了?您吃饭了吗?……"

化　蝶

　　早晨,天阴沉得厉害,风"呼呼呼"地刮,偶尔几滴雨吻在窗玻璃上,莹莹发亮。

　　晶晶知道这叫"倒春寒"。牙刷在嘴里刚一蠕动,那种可怕的感觉就从胃里直抵喉咙。晶晶不由地"呕"一声,急忙捂住嘴巴。一口酸涩的清水,吐在手心里。

　　晶晶拿一个苹果,顾不上清洗——她害怕再发出这样的声响引来妈妈惊恐的询问,就塞进书包里,跑出了门。毛毛雨有气无力地落,却狠狠地撞击着晶晶的心。

　　到了树林,晶晶没有再往学校走,而是坐到那堆草上。胃里仍然在不停地涌动,晶晶咬一口苹果,嚼两下,咽了。苹果甜甜地滑进胃里,胃稍稍静下来。晶晶又翻开那本书,她依然希望能从中得到她想要的东西。当目光再次落到那幅图上时,晶晶忽然歇斯底里地撕扯起那本书,抛向天空。

　　上初三前,那本书对晶晶的诱惑太大了。她不止一次听初三女生说过这本叫《生理卫生》的书,当然,她们说得最多的是书上的那三页半纸,确切地说是那幅"男性器官图"。晶晶一直想借来看,但总是还没有张口脸就红了。

　　终于升初三了。发新书那天,晶晶的心"怦怦"地跳,脸火辣辣的。拿过新书,晶晶不再像以前那样首先翻阅语文书,而是迅速将书塞进书包,然后埋头在书包里装模作样地清点书本——晶晶就是利用这个机会看到了那幅图。一刹那,晶晶的心就要跳出胸膛。抬头看,还好,大多数同学都像她一样,埋头在书包里。

放学后,晶晶跑进这片树林,她想一个人好好研究研究那幅图。可是,树林里早已遍布了同年级的男生,包括那些平时最不爱学习的男生,一个个都在埋头看书。晶晶飞也似的逃回家,关上书房门,迫不及待翻开那本书。晶晶的心里,实在有着太多的迷惑需要从这本书里找答案。

当妈妈的手狠狠地落在后脑勺上的时候,晶晶的目光正如电光一样直刺着那幅图。

此后,晶晶只能躲到树林里研究。然而,仅仅那三页半纸和那幅图并不能解答她心中的迷惑。相反,由那幅图,晶晶联想到的却是电视剧里的一个个镜头。晶晶的心里有了更多的神秘和更强烈的冲动! 晶晶只有等待,等待老师课堂上解答。

终于等到《生理卫生》课了,但走进教室的却是英语老师——英语老师手里拿的当然是英语课本。

整整一个学期,那幅神秘的图,鬼魅般晃动在晶晶眼前,不论课堂还是梦中。

一个多月前的那天下午(新学期开学的第二天),放学后,晶晶又一次走进了树林。初春的阳光刚驱散开一冬的阴气,几只胆大的毛毛虫就出现在树枝上,不安分地蠕动着,充满了蜕变的欲望。风轻轻地吹,鸟"啾啾"地鸣,草芽儿静静地钻。晶晶坐在一堆草上,目光直刺那幅图,调动着全身每一个细胞的想象力……

晶晶觉得身旁有急促呼吸的声响,扭头看,男生李浩手里捏着一本同样的书,正瞪圆了眼看她。霎时,两双迷离却火热的目光碰撞了……

随着那一阵痛,晶晶的迷惑没有了,但取代的却是莫名的恐惧。直到一周前,晶晶不安的胃才将那种恐惧变为实实在在的恐慌(她曾经听妈妈和阿姨们说过"妊娠反应")。她当然不敢告诉妈妈,她蹦啊跳啊,狠狠地折磨自己。可是,她娇小的胃室提醒她,一切都是徒劳……

春寒料峭,冷风凄雨中,晶晶撕毁的书页在空中打了几个旋,落下来。

和书页同时落下的还有一只新生的蝴蝶。它不停地扇动着翅膀,想立到那片书页上。但是它太孱弱了,刚稳下来,两片大却娇弱的翅膀就不受控制地合并到一起,随之,整个身子也倒地。一番喘息后,它又开始努力地扇动翅膀。扇啊扇,它爬了起来。可是,不待它展开翅膀静下来,一阵微风吹来,它的翅膀、整个身子又快速地晃动起来。它照例快速扇动翅膀,但还是整个倒在地上。它一次次努力,又一次次失败。一滴雨落下来,落在它的翅膀上。又一滴雨点落下来,越来越多的雨点落下来,落在它翅膀上,身上。它终于放弃了,不动了。

晶晶的耳边回响起语文老师曾经说过的话:"初春固然美丽,充满新奇,但绝不是毛毛虫化蝶的季节!"

晶晶想,老师啊,你为什么不告诉毛毛虫,初春为什么不能化蝶?怎样才能抵制初春化蝶的诱惑啊?

雨密了,晶晶的脸上挂满了泪或水的液体,她站起来,按照留级生艳子的推荐,走向那家她已经徘徊了几日的小诊所。

猎狗复仇

春寒料峭,雪粒子还在飘飘洒洒。

内房,婴儿的哭声又起,只是更加微弱。谷子叔叹口气,叫一声"亚虎",猎狗亚虎就从内房跑出来。谷子叔摸摸亚虎的头,又指指门外,亚虎撒腿向对面的山上跑去。

谷子叔走进内房,他没有看床上饥饿的母子,而是蹲下身看床底下的小狗崽。小东西胖嘟嘟,正睡得香。谷子叔不看它,只怜爱地抚摸着它柔滑黑亮的毛,一遍又一遍。老半天,谷子叔狠狠一咬牙,抱起它走出去……

两个钟头后,亚虎回来了,它依然是一无所获地回来了。这个春天太贫乏,连猎手谷子叔和猎狗亚虎这对"黄金搭档"都好长时间没有收获过猎物了。亚虎似乎羞于见谷子叔,缩着身子,蹑手蹑脚地走进内房,给小狗崽喂奶。

内房突然传来亚虎急切的叫声。谷子叔虽然早有心理准备,但还是不由地一大惊。内房里一阵翻找声后,亚虎跑出来,拐拐角角、旮旮旯旯,到处找,到处钻——它能不急吗?它的小狗崽不见了。家里找不到,亚虎又凄惨地叫着跑向屋外。

屋内屋外,亚虎找了几遍,都不见小狗崽的踪影——它当然找不到,也不知道,就在它上山的那会儿,小狗崽被谷子叔杀了,炖了。亚虎叼着谷子叔的裤脚,要谷子叔帮它找。谷子叔低着头,不动,也不敢看它。亚虎"咚"地跪伏到谷子叔面前,焦急地叫。谷子叔泪流满面,摸摸亚虎的头,指了指潲水桶。亚虎跑过去——桶里是它小狗崽的毛。亚虎一声长叫,撞翻潲水桶,转过头,怒瞪谷子叔,大叫。谷子叔只低着头,不动。

亚虎的嗓子有些哑了,但还是不停地对谷子叔叫。谷子叔心疼,伸手想去抚摸它,不料亚虎却狠狠地给了他一口。谷子叔叹口气,轻轻踢开亚虎。亚虎不罢休,跳过来还要咬谷子叔。谷子叔闪开。亚虎又追上来。谷子叔没办法,拿起鞭子,将亚虎撵出去。

天黑了,亚虎还没有回来,谷子叔出去找。谷子叔刚转过屋角,一个黑影蹿过来,对着他的腿,咬一口就跑。

谷子叔想亚虎是疯了,他懊恼不已。谷子婶流着泪,喝下最后一口由小狗崽炖出的汤——她没办法啊,孩子刚满月,没有奶水是活不了的。谷子婶"啪"地摔碎了碗,骂谷子叔忘恩负义。这么多年,亚虎看家护院、上山打猎的功劳不说,单说一个月前。那天晚上,谷子叔外出办事,谷子婶挺着大肚子到村外的水井提水,亚虎也拖着大肚子跟着。谷子婶刚将水桶提到一半,肚子就剧烈疼起来,她赶紧坐下呼救。亚虎也跟着大叫。然而呼呼的风里,没有人听得见。后来,谷子婶差不多是骑着亚虎才艰难地回到家,生下了儿子。后半夜,亚虎也生了,可它生的四只小狗崽只有一只是活的。谷子婶说,那三只狗宝宝一定是她当时疼得受不住时,捶亚虎捶死的……

一整夜,谷子婶都在骂谷子叔,骂他狗都不如。亚虎也房前屋后,凄惨地叫。谷子叔数次开门唤它,它不睬。天亮时,谷子叔打开门一看,院子里一片狼藉。唯一的一只鸡,血肉模糊,死在地上,沾血的鸡毛,散落一地;草垛被拱倒,浸在水里;舂米的石臼上,撒满了狗粪狗尿。谷子叔没想到,亚虎竟然会如此报复他。

此后的夜里,亚虎总是来搞破坏。有几次还钻进厨房,在锅里、水缸里撒尿拉屎。白天谷子叔在山上打猎,亚虎也如影随形,游走在谷子叔猎枪的射程之外。每当谷子叔举枪瞄准猎物,它就大叫着惊走猎物,甚至突然蹿出来扑倒谷子叔。总之,亚虎不放过任何报复谷子叔的机会。

不久,日本兵来了。鬼子们疯子一般,见鸡抓鸡,见狗打狗。谷子叔也难逃厄运:孩子被摔死,谷子婶被糟蹋后惨死。谷子叔逃进山林里,伺机找日本兵报仇。

这天,赤手空拳的谷子叔遭遇一个手持短刀的日本兵,两人厮打了半个多小时,都受了伤,但谁也没有制服谁。就在两人都筋疲力尽面对面僵持着的时候,一个熟悉的声音令谷子叔不由地紧张起来。谷子叔用眼睛的余光看去,亚虎正圆瞪双眼逼向这边。谷子叔心想完了,自己的体力本已处于下风,何况亚虎又来了。谷子叔禁不住有些颤抖。日本兵发现了谷子叔的异样,他知道自己该出手了。

谷子叔清楚地看到,几乎同时,日本兵和亚虎跃了起来。谷子叔闭了眼,他知道自己必死无疑了,他甚至想自己能死于亚虎,也是报应。可是,谷子叔却听到日本兵的惨叫声。谷子叔睁开眼一看,脚下,亚虎已将日本兵扑倒,狗和人在地上翻滚、厮打。谷子叔立即跳过去,死死地掐着日本兵。

日本兵死了。谷子叔抱着肠子都被捅出来的亚虎,号啕大哭。

卖　鹅

　　我和母亲赶着鹅群来到四里外鹅市的时候,太阳才露出半截脸。

　　太阳老高了,鹅贩子还没有来。母亲对另一个卖鹅的妇人说:"今天的鹅这么多,价格怕是……"

　　"谁不说呢,可到了该卖的时候了。再说,"妇人接过话,又指着身旁一个和我差不多大的孩子说,"我这孩子天天放鹅,身上都被稻叶划得没一块好皮了。"

　　母亲看看那孩子,又摸着我赤裸的后背说:"我这孩子也一样,每天晚上洗澡,一碰到热水,就喊疼……"

　　天越来越热,似乎划一根火柴就能将空气点燃。

　　"冰棍冰棍,香蕉冰棍,五分钱一根……"叫声从一辆自行车上嘹亮地传来。我蹲在地上,佯装漫不经心地抬起头,目光却紧紧地跟着自行车跑。母亲问:"渴不渴?"我点头。"那我到人家给你要一碗水来吧。"我刚一点头又赶紧摇头:"不,等一会儿喝。"说完,我的脸红了,母亲也笑了——我知道母亲想用水灌饱我,母亲知道我心里想的是冰棍。

　　终于,随着"突突突"一股黑烟,一辆三轮车停了下来。我腾地跳起来,母亲赶紧站起身,鹅市随即兴奋了起来。众人围上跳下车的鹅贩子:"今天什么价? 一块多(一斤)了吧?"

"九毛二。"白胖的鹅贩子抹一把额头的汗,"最高价!"

众人来不及失望,就要鹅贩子去看自己家的鹅。

鹅贩子走进一家鹅群,抓起一只鹅,捏捏嗓子摸摸毛,丢下,报一个价,不待卖主说话,就走向另一家鹅群。

鹅贩子来到我家鹅群前,"一撮黑"立即昂首挺胸迎上去。"一撮黑"是我的骄傲,打架从来没有哪家的鹅是它的对手。可"一撮黑"这次失算了,它刚摆开战斗的姿势,鹅贩子就飞起一脚,踢上它的屁股。它"呕"一声,跑向一边,瘪了。我跳过去刚要骂鹅贩子,却见母亲瞪着我,就赶紧缩回头。鹅贩子抓起一只鹅,粗鲁地捏着嗓子。我大叫:"你捏轻点!"他仿佛没听见,又将手指插进鹅的羽毛里。我又大叫:"摸什么摸? 一根毛芽子都没有!"话音刚落,"啪",我的后背狠狠地挨了母亲一巴掌。我退到一边,也瘪了。

"九毛。"鹅贩子面无表情地说。

"九毛? 上一集还一块呢。"母亲仿佛很生气,"九毛我不卖!"

"随便你。"鹅贩子一边向另一家走去,一边冷冷地说。

眼看三轮车就要装满了,我说:"妈,要是卖不掉,回家后每只鹅至少要瘦七八两呢。"

母亲叹口气,走到鹅贩子面前,说:"师傅,九毛就九毛吧。"

"八毛八了!"鹅贩子头也不抬。

母亲猛然一拉脸,又突然咬咬牙:"八毛八就八毛八,反正我也不在乎那几块钱。"

可是,鹅贩子刚要称我家的鹅,三轮车司机就嚷道:"天太热,再装,车子就爆胎了。"鹅贩子一听,扭头就走,根本不顾母亲在后面叫他。

知了的叫声越来越惨烈。

"冰棍冰棍,香蕉冰棍……"

我没有抬头看,只舔了舔干裂的嘴唇,说:"妈,给我要一碗水喝吧。"母亲没说话,走进鹅群,"一撮黑"迎上来,它或许是想向母亲诉说刚才被踢的委屈吧。母亲却一把抓起它,向三轮车走去。

"师傅,你就把我这一只鹅收了吧。"母亲分明在求鹅贩子。

鹅贩子正在车上忙活,仿佛根本没听到有人在和他说话。

"师傅,要不你就别称了。你看着给,三块钱、两块钱,随便给。"母亲是在哀求。

"妈,不卖了,'一撮黑'至少八斤呢!"我紧紧地抱住"一撮黑","呜呜"地哭起来。

"老朱,你还是不是人?"三轮车司机一把把我拉到鹅贩子面前,"你看这孩子,放鹅放得一身都是稻叶划的血痕子。这热死人的天,你总得让孩子吃一支冰棍吧!"

"说车子不能装的,也是你!"鹅贩子说。

"你把这只鹅收下,车胎压爆了不要你赔。"三轮车司机坚决地说。

鹅贩子这才看了看眼圈已经红了的母亲,又看了看抽泣着的我,跳下车,对母亲说:"大姐,收你的鹅行,但有一个条件。"

母亲吃惊地说:"条件? 你说……"

"我收下你的鹅,你得给孩子买几支冰棍,再给他买一件衬衫。你看这背上,太阳这么毒,孩子怎么受?"鹅贩子摸着我的后背说,"你要同意,我就出最高价,九毛二,全收了……"

那天,母亲没有失信于鹅贩子,她让我一口气吃了五根冰棍,给我买了一件衬衫,还给我买了一条海蓝色的短裤、一双绛紫色的塑料拖鞋。

秋　夜

她住在村子最西头,两间红砖青瓦屋,单门独户。屋内,石灰抹的壁,很清净;塑料袋盖的天篷,很雅致。屋前,一口两亩大的水塘,水清,鱼虾多,夏秋时节,青蛙的音乐会每夜都会伴着她和孩子们入眠。屋后是一片棉花田,这几天,棉花正开得急,一个个笑咧了嘴,像毛茸茸的小雪球,好看极了。

傍晚,天有点阴。她早早地停了活,喂猪、烧饭、吃饭、涮锅碗,给姐弟俩洗脸洗脚。然后关紧门,带着姐弟俩上了床。今天,她和姐弟俩有一件重要的事——接电话。天气预报说,东北的雪已下得老大了,她心里就"咯咚咯咚"响,埋怨男人死脑子,这么大的雪,也不晓得提前一点儿打电话。

七点,电话准时响起来。六岁的女儿首先抢过电话喊:"爸爸爸爸爸……"然后是不到两岁的儿子,咿呀呀一大通。最后才轮到她。她问:"冷吗?雪那么大。"

"你和伢子们在家都没感冒吧?听你们说话,我就不冷了。"男人的声音直哆嗦,"我不在家,这么长的夜,你娘几个还怕不?"

"你当你谁呀?离了你,我娘几个的日子就不过了?"她轻轻一笑，"你放心吧！你走后，我的胆子就气球一样，一下子大了……"

她的胆小是出了名的。天一黑，门都不敢出，坐在家里都要让男人坐靠门的地方，所以结婚七年来，她不让男人出去打工。可自从她春天做了手术，不得已，两个月前让男人去了东北。

坐在床上看电视的时候，外面刮风了，"呼呼"地响。她骂该死的青蛙和蛐蛐，不要你叫时你非叫，现在要你来壮壮胆子了，你却比谁都胆小，不叫了。她起身，把门窗又检查一通，最后在已经抵了三根杠子的门上又加了一条大板凳，才安心地睡去。

女儿喊撒尿的时候，她迷迷糊糊地拉亮电灯。

"蛇——"女儿尖利的叫声吓得室温骤然降了几十度。女儿的叫声还在持续，她已经一纵身，抱着姐弟俩站在了床上。还没站稳，她的小腹部就一阵热乎乎。她"妈呀"一声尖叫，一个躲闪，再一个跳跃。一看，是女儿吓出的尿。她吸了口凉气，浑身的鸡皮疙瘩凸得老大。

姐弟俩在她怀里"哇哇"地哭起来。

她警惕地扫视床上，还好，没蛇。她慢慢探头向床下看——妈呀！一条蛇，有锅铲柄那样粗，盘在她的鞋上，碗口大的一盘。蛇头在里，蛇尾在外，女儿下午采的那几朵野菊被卷在盘中央。她捂住嘴没叫出声。

终于，她稍稍回过神。儿子又睡着了，女儿双手还紧紧搂着她脖子，说怕，说冷。她心里骂男人："你就腆着肚子睡吧，今夜就让我娘几个喂了蛇吧……"委屈，害怕，一起涌来，热泪滴在脚背上，又溅到被子上。

她必须自己对付这条蛇。

她轻轻地弯腰要将姐弟俩放床上，女儿却死搂着她的脖子不松手。她想哄女儿不怕，有妈妈呢，又怕说话声惊动了蛇。她不知哪来的火气，"啪啪啪"，手掌落在女儿的小屁股上。女儿松了手。她拉起被子，将姐弟俩捂好。

鞋被蛇占着，她只有赤脚下地。脚尖触地的一刹那，她又电击般地缩回来。她揉了揉脚，偷眼看蛇，蛇尾巴在悠悠摆着。她拿过毛衣毛裤往脚上裹，要裹好了，看了看被窝里的孩子，又解下，塞进孩子们的脚下。她又拿起枕巾往脚上裹，又取下，盖到孩子们的头脸上。她搓搓脚，咬着牙，拿起床头那根擀面杖（丈夫走后，她的床头一直放着擀面杖），赤着脚，踮着脚尖，小心翼翼下了床。

她猫着腰，双手紧抱擀面杖，双眼圆瞪，大气不敢出，蹑手蹑脚地向那条蛇靠近，俨然排雷兵接近雷区。她心里比画着，擀面杖往蛇的什么部位打最好。比画好了，可以下杖了，她却想起俗话说的"打蛇打七寸"，她不知道"七寸"在哪里。她又想起婆婆说过，蛇要是一次打不死，就会蹿过来咬打它的人。她赶紧退回来。

她举着擀面杖，瞪圆双眼，揣摩着蛇的"七寸"。

蛇并没有意识到大祸临头，蜷在鞋上，安然地睡着。

人与蛇僵持着。

笼里的公鸡叫了。蛇醒了，伸开的身子有小扁担那么长，小钢锯似的蛇信子举过头顶，警惕地四下侦探着，慢慢地游。她还没有准确把握蛇的"七寸"，就拿起铁锹。她想铁锹能一下子斩断蛇头。可她又想起别人说过的，蛇头被斩断后还能飞起来咬人。她又不敢了。

蛇在屋里游了几圈,又游回床边,大概还没有睡好,又游上那只鞋——不!它嫌那只鞋睡着不舒服,竟然游到床腿边,昂起头,看向床上——它要到床上去!

"妈呀!我的孩子在床上!"她疯一般地扑过去,对准蛇头,铁锹狠狠地斩下去……

她不敢看扭动翻滚的蛇,扑到床上,紧紧抱住两个孩子。

她终于哭出了声!

杀 鸡

那是星期天,我正在家做作业,大宝妈拉着大宝气冲冲地跨进我家院子。我放下笔就要逃跑。大宝妈一个箭步拦到门口,指着我,凶神恶煞一般,厉声叫道:"你妈呢?叫她给我出来!快!"

"谁找我啊?"母亲慢腾腾地从厨房里走出,一看是大宝妈,慌忙拍着身上的灰尘,迎上来,脸上绽开了花,"他婶啊!他婶快坐,快坐!"

"你看看你看看,你家这野东西把我大宝打成什么样子了。"大宝妈指了指我,又将起大宝的一只手臂说,"我大宝的胳膊,都被他打青了。"

母亲急忙俯下身,嘴唇轻轻地亲了亲大宝的胳膊,一转身,冲到我面前,拿起脚下的一只鞋子,没头没脸地给我一顿猛打。

我直直地站着,紧咬牙关,任由嘴角的血流下,狠狠地盯着沾沾自喜的大宝。我真想蹿上去再将他打一顿,就像昨天那样。

昨天下午,大宝在教室里当着全班同学的面又笑话我,但不是像平时那样笑话我家穷、我穿的衣服破之类的我可以忍受的事,而是笑话我父母早晨到他家求他当村主任的爸爸办事。说我父母在他家门口,瑟瑟缩缩,"乞丐一样""做贼一样""野狗一样",不敢进他家的门。在全班同学的哄笑声中,我将他痛打一顿。

"他婶,你别气,谁叫我生了个畜生呢。"母亲急忙拦住边朝门外走去边骂骂咧咧的大宝妈,"他婶,你别回家了,赏个脸,中午在我家吃饭……"

当大宝妈终于答应母亲的请求时,母亲就唤回我家的鸡,捉住了"金尾巴"。

我的心一阵痉挛。"金尾巴"是我家唯一的公鸡,全身雪白,长长的尾巴却是金黄的,仿佛一把燃烧的火炬。每天早晨,是它那洪亮的鸣叫催我上学。我常常想,没有"金尾巴",我能有今天全班第一名的成绩吗?"金尾巴"更是我的骄傲,在周围这十多只公鸡中,没有谁是它的对手——这大概是我在小伙伴们面前,唯一可以抬起头的资本了。

母亲叫我捉着"金尾巴"让她宰杀,我不动,直直地站着,做好再挨打的准备。

母亲真的要过来打我,大宝却乐呵呵地自告奋勇,抓起"金尾巴"的双腿和双翅。看着母亲的刀割下了,我闭上眼,心里一阵说不出的痛。

忽然,"噗"一声,我睁眼一看,"金尾巴"从大宝的手里挣脱出来,跑向一边。我还没来得及高兴,却见"金尾巴"的脖子上正流着血——母亲已割开了它的脖子。

"金尾巴"一定不知道刚刚发生了什么，还像平时一样，高昂着头。或许是觉得自己刚才受到了大宝的侮辱吧，面对大宝，梗起脖子，张开嘴，鸣叫。可是，这鸣叫除了加速鲜血外流外，再也没有一点声音了。几只母鸡围过来，"金尾巴"一定觉得很丢面子，又一次用足力气鸣叫，可依然没有一点儿声音。

不远处，向来视"金尾巴"为天敌的那只黑公鸡仿佛发现了什么，快速跑过来。离"金尾巴"两三丈的时候，黑公鸡停下来，警惕地看向"金尾巴"。"金尾巴"知道来者不善，向黑公鸡慢慢迈出一步。黑公鸡不由地后退几步，跳到一捆柴草上，"喔喔喔"一声高叫。"金尾巴"本能地要抬头鸣叫，却一个趔趄。

黑公鸡仿佛增强了信心，跳下柴草，昂首挺胸，逼向"金尾巴"。黑公鸡心中有太多的恨，多少次，它正在母鸡群中显摆的时候，是"金尾巴"给它毫不留情的打击；它也多少次反击，但每次都是惨败，连冠子也被"金尾巴"撕下半块。现在，报仇的机会终于来了。

面对黑公鸡的紧逼，"金尾巴"几次试图挪步迎上，但每次都险些摔倒。它现在能做的，只是站直，只是努力高昂着那有着美丽的大红冠子的却不时会猛一耷拉的头。

黑公鸡越来越近，每走一步，就对"金尾巴"一声啼叫。终于，离"金尾巴"只有四五尺远了，黑公鸡又一声啼叫后，微微伏下身子，做好扑向"金尾巴"的准备。

忽然，"金尾巴"闪电般地射向黑公鸡。黑公鸡大惊，扑腾倒地，爬起来，拖着尾巴逃跑了。黑公鸡不知道，随着"咚"一声响，"金尾巴"栽倒在地，一动不动。

“金尾巴”死了。大宝高兴地跑上，“啪”一脚踢过去，笑着叫道：“再能啊？还能啊……”

我扑过去，推开大宝，抱起“金尾巴”，放声大哭。

杀　牛

那天是腊月二十，天寒地冻。我们几个小伙伴正在水塘的冰面上滑冰，小松跑来说：“欢子家杀牛了，快去看啊。”

我们一口气跑到欢子家院门前。院子里，夕阳瑟瑟地披在几只悠悠觅食的鸡身上，静悄悄的。欢子妈坐在堂屋门槛上，面向外，眼睛红红的，还直抹着眼泪。这里，实在没有半点儿杀猪宰羊的气氛。

我们正责怪小松撒谎，欢子从屋里急忙跑出来，脸上挂着无法掩盖的笑。我一把拉过他，悄悄地说：“你家，是不是要杀牛？”欢子仰了仰头，更笑了：“是啊，正在杀呢。”欢子许是平时不受我们待见现在想讨好我们吧，主动要带我们进去看。

我们刚要随欢子跨进门，却见欢子妈抬头恶狠狠地瞪了欢子一眼，又很不友好地看了看我们。我们赶紧停止脚步。欢子站在屋里，做着鬼脸，招着手，催我们快进去。我们终于跨了进去。

欢子家的屋角，静静地躺着那头瘦骨嶙峋的老牛，眼睛已蒙了一块黑布。杀猪匠老武和他的徒弟蹲在牛头前，徒弟双手紧紧抱着牛的下颚，努力把牛头往后搬，老武的尖刀正插在牛的喉管里。气氛很特殊，平时乍乍呼呼、力大无穷的老武竟然闷不作声，手上也仿佛一点劲都没有。那头牛也奇怪，一动不动，任凭老武的刀抽出插进。牛血也很少，只有几滴黑红而浓稠的液体顺着尖刀艰难地滑下来。我不由得有些恐惧，再看其他小伙伴，一个个也睁大着恐惧的眼。

老武终于抽出了刀，站起来，对着墙角——我这才发现欢子爹正蹲在那里，一动不动，埋着头，双手插在挂满稻草的头发里不断地抠着，仿佛那头皮是他家的庄稼地，里面藏着什么宝贝似的。老武说："哎！别舍不得了，血都静了。"

三大妈来了，她一进门眼睛就红了，蹲到欢子妈身边，低低地说："他婶，别难过，牛实在是撑不住了，太老了，这死天也太冷了。"欢子妈"哇"一声哭起来："三嫂子啊，这年一过，春一开，我拿什么来犁田耙地啊！一家老小，拿什么填肚子啊！"欢子妈用头撞着门，双手捶着胸口，"老天啊，你瞎了眼，你怎么不死我啊？你怎么非要死我的牛啊……"

"他婶，天无绝人之路，办法总是有的。"三大妈抱着欢子妈说，"我这就去，让家家户户都来割点牛肉，等开春了，大家的牛都帮衬帮衬你。"欢子妈一听，伏到地上就给三大妈作揖，磕头。我们却会心地笑了——今晚有牛肉吃啦。

三大妈出去不久，女人们就陆续地来了。每来一个，老武就割下一块牛肉递上去。女人们接过，安慰欢子妈几句，眼睛红红地走了。

小伙伴们越来越少，他们都是跟着他们拿了牛肉的母亲兴高采烈地回家的。我母亲还没有来，我焦急万分，不断向门外张望。突然，我意识到我母亲是不会来了，因为她和欢子妈前不久才吵过架,而且还相互厮打得厉害,至今两个人见了面还不说话。我正失望的时候,三大妈叫过我,说:"回去,叫你妈快来。"我撒腿就往家跑去。

跑到家,见母亲和父亲坐在饭桌旁,我生气地说:"三大妈叫你快去,牛肉就要被人家分光了!"母亲瞪我一眼,不说话。

"哎,别气了。去吧,谁没个难呢。"父亲对母亲说,"有了难,大家都帮衬一点,就挺过去了。"

"我不是因为她,我是担心我家的牛,也太老了,秋种时就干不动了,这死天还这么冷。"母亲叹口气说,"要是开春再帮她家,我怕我家的牛吃不消……"

"吃不消就少帮点,但总要帮的。"父亲说,"你现在不去拿牛肉,不就是不愿帮吗?"

母亲长长地叹口气,起身向欢子家走去。我急忙跟上。

母亲一跨进欢子家院门,欢子妈就迎上来,叫一声"好妹子……"抱着我母亲哭了。我快步走到老武身边,说:"我妈来了,割牛肉呀。"一直蹲在墙角的欢子爹立即站起来,对老武说:"多割点,割最好的。"

我拿着牛肉一口气跑回家。等母亲回来洗牛肉时,我问:"妈,是焐烧还是炖萝卜?"母亲不作声。牛肉洗好了,却见母亲搬出了腌菜的坛子,我大叫:"妈,你……你怎么要腌牛肉啊?"母亲冷冷地说:"不腌? 不腌过年喝西北风啊?"

那天晚上,我当然没有吃上牛肉。第二天问别的小伙伴,除了家里来了客人的小松吃到一块牛肉外,其他的都同样没有吃到。但有一点是绝对相同的:此后三年,欢子家犁田耙地的事都是由村里的牛代劳的,直到他家新买的牛犊长大。

想做人的猴子

小猴子多拉米从小就听听妈妈说，人类居有屋，行有车，吃香的，喝辣的，穿得又花枝招展。多拉米听了，十分羡慕人类的生活。后来，多拉米又听妈妈说，人都是由猴子变成的，就整天吵着猴妈妈："妈妈，我也要变成人，我也要过人的生活。"

猴妈妈被吵烦了，第一次带着多拉米走出茂密的森林。

出了森林不远，多拉米就觉得天突然暗了，一抬头，太阳隐隐约约地正在头顶上。多拉米疑惑了："妈妈，这里的天是怎么了？"

"见过那东西吗？"猴妈妈指着远处几根直插云霄的大柱子说，"那叫烟囱。这灰蒙蒙的天，就是它喷出的黑烟造成的。"

"噢，怪不得我一走出森林，鼻子、眼睛和皮肤都难受呢。"多拉米很不解，"妈妈，人为什么要制造这么多黑烟来害自己啊？"

"人的事，我不知道。"猴妈妈叹口气。

到了一片玉米地，多拉米掰下一个玉米棒子就要啃。猴妈妈急忙止住他，叫他嗅一嗅。多拉米刚将玉米棒凑到鼻子前，就打了一个大大的喷嚏。多拉米慌忙丢下玉米棒，问："妈妈，这是什么味道啊？"

"农药的味道。"猴妈妈说，"所以妈妈不让你吃，不然你现在轻则肚子疼，重则就死了。"

多拉米吓得一大跳，好一会儿才想起来问妈妈："能把我们毒死了的东西，人为什么还要种啊？"

"我们不能吃，但人能吃啊。"猴妈妈笑了笑，"人现在吃的东西，里面都有这个——不仅有这个，还有其他你想都想不到的东西。"

"那人类怎么还活得好好的，没有死呢？"

"他们都练就了超强的抵抗力，早已习惯了。"猴妈妈说着，和多拉米来到了一条小河边。多拉米跳过去，掬起一捧水要喝。猴妈妈大叫一声，跳过去，一把打掉多拉米手里的水。多拉米这才发现这水是褐红色的，正要说什么，双手却刺痒起来。猴妈妈搓揉着多拉米的手说："都怪妈妈没告诉你，这里不是咱们森林里，什么都可以抓一把，什么都可以做游戏，什么都可以拿来填肚子。在这里，你只能看，不能摸，更不能吃。千万别忘记了！"

忽然，近旁的马路上传来"砰"的一声响，多拉米一看，是一辆汽车撞倒了一个人。多拉米要去救人，猴妈妈拉住他说："孩子，别忘了我们是猴子，见不得人。"约莫一分钟，受伤的人艰难地坐起来，接着，汽车里走下一个人，手握一个东西，看看四下无人，蹲下，对着伤者的胸膛，弹钢琴一般，连戳了好几下。伤者惨叫几声，倒下不动了。多拉米定睛一看，那人手里拿的是一把尖刀，血淋淋的。

多拉米变了脸色："妈妈，我们猴子遇到受伤的猴子都要救，他怎么撞了人不仅不救，还杀人啊？"

"人的事，我怎么知道？"猴妈妈不耐烦地说。

"妈妈，我想回家了，我们回家吧。"多拉米说。猴妈妈不理睬，继续向前走。

走到一片楼房区，多拉米想看看人的家是什么样的，就爬上一户门窗紧闭的后窗。隔着玻璃，多拉米看见一个小女孩，六七岁的样子，瘦得没了人形，满身满脸满嘴的秽物，趴在门脚下，无力地打着门。她的身边，躺着一个更小的孩子，一动不动，已死去多时了。

"妈妈，她们是饿的，快给她一点吃的吧。"多拉米急忙推开窗子，一股恶臭扑来的同时，身后也传来惊叫声："猴子！都来抓猴子啊……"猴妈妈抱起多拉米，跑了。

"妈妈，这两个小朋友的爸爸妈妈怎么不给她们吃的呢？"跑到野外，多拉米流着泪说，"妈妈，我们所有的猴子，只要孩子有一点饿，不管刮风下雨打雷，都出去给孩子找食物，人却怎么还饿死自己的孩子啊？"

"人的事，我怎么知道！"猴妈妈愤愤地说。

"妈妈，我要回家，我要回家！"多拉米话音刚落，就从一个田沟里传来一声凄厉的叫声。母子俩定睛一看，一个小男孩，一只眼睛鲜血直流；一个女人，正用手指抠着他的另一只眼睛……

母子俩愣住了。好一会儿，猴妈妈才清醒过来，抱着浑身颤抖的多拉米跑向森林。

"妈妈，您撒谎你撒谎！人根本就不是我们猴子变成的，我们猴子从来都不会做这些事。"多拉米哭叫着，"妈妈，我错了我错了，我再也不想做人了……"

一只宠物狗的一生

我是一只宠物狗，三岁了。我一个月大的时候，就来到了奶奶家。我还清楚地记得，那天，母亲为刚刚失去的另三个孩子而黯然神伤，爱抚地舔着我的身子。我问母亲："那些人只知道为了排遣自己的孤寂，可他们想过您失去孩子的凄苦吗？"母亲叹口气，无助地摇摇头，眼睛里一片空洞。这时候，进来几个人，有男有女，抱起我就走。我和母亲撕心裂肺地哭叫着，向主人求救，却见主人正满脸灿烂地数着手里的红票子。

新主人是位七十七岁的老人，有三儿二女，但都忙得没时间陪老人。为了对母亲尽孝，兄妹几个把我买来，代替他们尽孝心。我不明白，他们不陪自己的母亲，为什么也不让我陪我的母亲？

开始几天，不论新主人喂我什么我都不吃，虽然她的子女买给我的都是最好的狗食。那天晚上，新主人指着墙上一排排子女的照片，流了好一会儿泪才对我说："虎子，吃一点吧。奶奶知道你，知道你想妈妈。想妈妈好啊，想妈妈说明你比他们强啊。可是，奶奶这也是没办法啊，奶奶一个人……哎，吃一点吧虎子，奶奶求你了……"

我再也控制不住自己，一头钻进奶奶怀里，泪水像决堤的洪水一样往外流。

从此，每天早晨、傍晚，我都陪着奶奶到马路上、公园里散步，我听奶奶的话,逗奶奶开心。奶奶有时候感冒了,我还能给她拿药。奶奶对我更好:她让我睡在一张特制的小床上,夜里要几次起床看我是不是蹬了被子;每次给我喂食,她总是自己先尝上一口;我要是有一点儿不舒服,她会连夜带我到宠物医院。奶奶太辛苦了,但我知道,奶奶当年抚养那么多子女,一定比这更辛苦。

一天晚上,我蹲在奶奶脚下陪奶奶看报,就见奶奶的脸色突然慌张起来。我问奶奶怎么了?"虎子,不好了,有人要和你过意不去了。"奶奶抱着我说,"报纸上说狗不讲卫生,在马路上、公园里随处大小便,半夜吠叫扰人睡觉,咬了人就把狂犬病传给人……"我笑了,说:"奶奶您老糊涂了,您看,这些事哪一样我做过?这都是恶狗行为啊!我有户口,又打过疫苗。我是一只良犬啊。"

奶奶心事重重地说:"傻孩子,你毕竟是狗,你不懂人事,人事复杂呢。"

第二天上午,就有"大檐帽"来了,他们检查了我的户口本(养犬证)、健康证后,对奶奶说:"以后不要到公共场所遛狗。"

于是我和奶奶每天只得憋在家里,连楼都不敢下。这时候,电视上都是关于我们狗类的事:小朋友说放学路上狗总是跟在身后,小伙子说女友被狗吓出了"恐狗症",老年人说在小区里被狗扑倒跌断大腿骨,司机说因为狗在马路上乱跑导致四车相撞,一些遭狗咬而染狂犬病的家属泪流满面的哭诉更显示了我们狗类的罪大恶极……

我真不明白,曾经报纸、电视上那么多关于如何养狗的文字和图片:贵夫人怀抱我们时的幸福陶醉、小朋友和我们玩耍时的天真快乐、老人和我们的其乐融融……这一切都显示了我们狗类是人类的朋友啊。可是现在,我们怎么一下子都罪大恶极了呢? 难道真的是"人叫狗恶,狗不得不恶"吗?

不久,又有专家从理论高度进行阐释:出现今天这种狗患局面,一是因为养狗业内人士的推波助澜,二是缺乏必要的社会约束机制,三是部分养狗者的自身不文明。因此出现了个人爱好与公共利益的矛盾,出现了狗与人类争夺生存空间的状况,严重影响社会安宁。天啊,这些可都是人的事啊,与我们狗类何干啊?

渐渐地,我和奶奶待在家里也越来越害怕了,因为外面不时传来一声声狗的撕心裂肺的叫声。奶奶说:"天啊,又一只好狗被捉走了。"

厄运终于降临到我和奶奶头上。那天,我和奶奶刚下楼,几个人就蹿过来,要拉我走。奶奶拦着说:"虎子是好狗,从没做过不好的事。"为首的人板着脸说:"什么好狗恶狗,宁可错杀一万,不让一只恶狗漏网! 这是命令,是我们的任务!"说着,就从奶奶手里抢过拴我的绳子,往一个铁笼子里拉我。我拼命地抵抗,但那人抓着绳子就把我提了起来,后面一个人跟着一脚把我踹进了铁笼里。

我喘不过气来,我听见奶奶在身后绝望地痛哭。

一只林雕的成长

　　林雕尾赤第一次有了饥饿感。这让他想起自己最近一次进食还是在太阳刚刚跳出地平线的时候，是母亲送来的一只小蜥蜴。按说这样的小蜥蜴，至少十只才能让他一整天在巢里啥事不用想，啥事不用做。可现在太阳就要落入地平线了，父亲和母亲一个也没有来，他当然什么也没有吃到。

　　尾赤开始想事了，想父亲母亲什么时候才给它送来食物。尾赤也开始做事了，先从巢里探出头，没看到父母；又从巢里钻出来，可刚站上巢沿身子就不由地往下一坠，他急忙展开翅膀，胡乱扇动，好不容易才稳住身子。他紧紧抓住巢沿，双翅半张半合，颤巍巍地昂起脖颈，四下张望，还是没看到父母。

　　太阳不见了，尾赤默默地回到巢里。

　　一阵强烈的饥饿感中，尾赤醒来，太阳又出现在地平线上。尾赤叫一声，张开嘴，往常这时候就会有一只肥美的林鼠塞进嘴里，可这次没有。尾赤急忙钻出巢，站到巢沿上，愤怒地大叫，拍翅。

　　母亲终于来了，叼着一只林鼠。尾赤急忙张嘴去接，母亲却一摆头，躲开。尾赤伸长脖颈去抢，母亲却转身飞走。尾赤想冲上去抢，可刚一挪步身子就往下一栽，他急忙展开翅膀，左右摆动才平衡下来。母亲将林鼠放在一个一丈远的树丫上，飞走了。尾赤抖抖索索地离开巢,顺着树枝慢慢向林鼠接近,每迈一步,身子就要往下坠,往下栽。他只能紧紧地抓住树枝,不断地扇动翅膀,甚至用翅膀抱住树枝……

尾赤花了半个小时才吃上那只林鼠。他从没想到,吃一个食物竟如此艰难,如此危险。

后来的两天,父亲和母亲一次也没有来。尾赤漠漠地站在巢边,忽然看到两丈远的又一个树丫上,放着一只死去的林鼠。尾赤急忙拍打翅膀,窜上去,吃了。

接下来,隔三岔五,尾赤就能在这棵树上找到一只死林鼠。但好景不长,那天尾赤找遍了这棵树,却毫无收获。茫然四顾中,尾赤发现另一棵树上有一只死林鼠,急忙要过去,可双爪刚离开树枝,身子就一坠——他至今还没有离开过树枝。他努力扇动翅膀,可还是栽到地上。他想靠爪子爬上树,失败了。他又一次次扇动翅膀想飞上去,也没有成功。

一个小时后,尾赤飞上一棵小树,再借助小树飞上那棵大树,吃上那只林鼠。

又一天,尾赤找遍了近旁的几棵树,都没有食物,好在父亲来了,叼着一只大蜥蜴,停在不远的树上。尾赤急忙飞去,父亲将蜥蜴丢在树枝上就飞走了。尾赤赶紧去抓蜥蜴。蜥蜴没有死,立即逃跑,吓得尾赤往后一跳。眼看蜥蜴不见了,尾赤奋不顾身冲上去。尾赤的本领虽然不怎么样,但蜥蜴毕竟受了伤,很快就成了他的囊中餐。

尾赤的生死考验是在一个月后。事情发生时,尾赤已经好几天没有得到父母的任何帮助,只是靠自己在树林里捉一些小蜥蜴、毛毛虫充饥。中午,父亲将尾赤引到一棵树上,接着母亲带来一只几乎和尾赤一样的羽翼虽然丰满但满身稚气未脱的林雕——尾赤不知道,这是他的兄弟,他的母亲当时生下了两枚蛋,并且在同一个巢里孵出他们,但三天后他的兄弟被转到了另一个巢。

父母飞走了,树上只剩下互不相识的尾赤和他的兄弟。兄弟俩都饿极了,先在树上找来找去,以为他们的父母又在什么地方隐藏了食物,可是没有。他们终于不再寻找,而是同时看向了对方,同时四目寒光闪现,同时向对方发起了进攻。

这一场战斗,从中午直到太阳坐上地平线。其间,尾赤数次想到放弃,但一想到对手和自己一样都在想着打败对方吃掉对方的时候,他就不敢放弃。他也看到,他的父母,一直静静地站在不远的树上,看着他们厮杀。太阳滚下地平线,意识模糊的尾赤使出最后一丝力,跃起,压上正准备最后一搏的对手身上,张开嘴,死死掐住对手的脖子!

尾赤胜利了。

有他兄弟尸体的营养,几天后,尾赤养好了伤,长成了一只真正的林雕。

砸鸭子

夏日的早晨,金光满地。

我站在大树下,眼巴巴地看着小松他们在弯塘边快乐地玩耍。他们时而捞起一把浮萍相互抛砸，时而用树枝在水里钓龙虾，时而绕着堤岸一阵疯跑……

我羡慕得要死，真想加入其中，但四年前的情景又倔强地冒出来：那天，我和几个小伙伴一起在弯塘边玩，不知谁将小江家一只小鸡丢进水里淹死，却对小江妈说是我做的，于是小江妈拉着我去找我母亲。结果，我不仅挨了母亲几记重重的巴掌，还不让我再与小伙伴们玩耍，更严重的是，母亲重重的巴掌和骇人的气势深刻在我的脑海里，出现在噩梦中，怎么也挥不去。

当这一连串镜头再次在眼前放过后，我蠢蠢欲动的心立即平静了，正要转身离开，就听小松在喊我："小芳家鸭子又在糟蹋你家浮萍了。"我的火气"腾"地上来了——昨天，因为她家鸭子糟蹋我家浮萍，我妈还和她妈大吵一顿。

我跑去一看，小芳家那只鸭子正在我家浮萍间肆无忌惮地拍打翅膀，直打得浮萍叶四下飞溅。我大叫着，跳着，跺着脚，拍着屁股。它却越发放肆，根本不把我放在眼里。

"这样没用。"小松说着就捡起一块瓦片砸过去，鸭子一惊，"嘎"一声跑了。

我又要离去，可那只鸭子又来了。我捡起一个比玻璃弹子大不了多少的土块砸过去。我的眼线太差，土块落在鸭子一丈远的地方。鸭子毫不在乎，继续放肆。我又捡起一个小土块要砸，小松却说："就你这眼线，还用那么小的？用大的！"

"就他那猫胆子还敢用大的？"小江不知从哪里冒出来，捡起一块比我手掌还大的瓦片，递到我面前，不屑地说，"你要是敢用这个，我把头割给你当皮球踢！"

我的脸挂不住了，一咬牙，夺过瓦片，砸向那只欺人太甚的鸭子。我做梦也没想到，瓦片不偏不倚地砸上了鸭头。鸭头一耷拉，没入水中，身子却在浮萍间快速地打转。

"快！快下去捞上来！"小松焦急地说，"不然马上就淹死了。"

"怕什么？是她家鸭子找死，糟蹋你家浮萍。要是我，早就把它砸死了。"小江见我真要下去，拦着我，冷笑着说，"怪不得都说你是胆小鬼，长大只能讨猪八戒妈做媳妇呢……"

"你才讨猪八戒妈呢！"我推开小江，大声地说，"我才不捞呢，我才不怕呢！"

很快，鸭子拍了几下翅膀，不动了。小江一看，撒腿就跑，还大叫着："小芳小芳！有人砸死你家鸭子啦……"

不远处墙脚下看书的小芳跑过来一看，"哇哇"大哭，指着呆若木鸡的我说："你等着，我妈是饶不了你的……"接着就号哭着疯一般地向家跑去。

我知道出了大事。小芳家很穷，她爹肺结核已卧床一年多了，她妈就靠这只鸭子下蛋给她爹补充点营养。现在鸭子被我砸死了，她妈能饶掉我吗？何况，她妈和我妈昨天还大吵了一架，她妈能饶掉我妈吗？我妈又能饶掉我吗？我想跑，可不知道能往哪里跑。怎么跑也跑不出母亲的手掌。我呆呆地站着，看着那只死去的鸭子，真希望它能活过来。只要它活过来，它想怎么糟蹋我家的浮萍我都愿意，叫我死我也愿意。

小芳妈来了，是跑来的。她连鞋都没脱就跳进水里，抓住鸭子的双腿，抖动着，再按压鸭子的胸脯，可那只鸭子就是不活过来。小芳妈的脸变了形，泪水也"哗哗"地流下来。

我不知道我的脸是否变了形，只知道全身颤抖得厉害，心脏

"咚咚咚"地要跳出来。

小芳妈终于放弃了努力,提着鸭子,看着我,向岸边走来,向我走来。

上了岸,她把死鸭子往我脚下一丢,声音颤抖:"你……你……"

"我……我……"我不知道自己想说什么,只知道说什么都是徒劳,只绝望地看着她。

"你……你……"小芳妈忽然语气轻柔起来,"你别怕,别怕,我不怪你,不打你。"

我懵了,不知道她葫芦里装的什么药,竟不由得更加颤抖起来。

"娃啊,不怕了,不怕了。婶婶知道,我家的鸭子,是自己掉水里的,自己淹死的,不是你砸的,不是你砸的,与你无关,与你无关……"小芳妈擦一把眼泪,又轻轻地拍着我的后背,"我不会对你妈说的,你不怕啊,不怕……"

我的泪终于决堤般地涌出来。

多虑赵匡胤

这天中午,赵匡胤正在用膳,快马来报:南方下了一场透雨,持续半年的旱灾彻底解除。赵匡胤大喜,破例饮了酒,然后叫来几位大臣,一起到汴京城外打猎。

到了猎场,好一会儿,君臣才发现一只兔子,于是急忙搭弓,拉箭,瞄准。与此同时,赵匡胤低声数道:"一……二……"众臣屏气息声,只等赵匡胤说出"三"就一齐放箭。可奇怪的是,那只明明已经发现了危险的兔子却异常胆大,不慌不忙地走着,还不时地翘首看向瞄准它的猎人,仿佛是故意吸引猎人的注意。眼看兔子就要走出射程之外,有人急了,催促赵匡胤快数,快放箭。不料赵匡胤一声轻叹,慢慢收了弓箭。众臣也只好跟着收了弓箭,迷惑地看向赵匡胤。

"众爱卿,可知此兔为何如此胆大?"赵匡胤问道。

众臣摇头,看着赵匡胤。

"看其身后……"赵匡胤指向那只兔子的身后。

众臣这才发现,那只兔子身后还有一只小兔子,瘸腿,正跌跌撞撞地跟着老兔子跑。

"禽兽虽卑,情意却深;人非草木,焉能无义?"赵匡胤深情地说,"众爱卿,刚才若非朕多向后一眼,我等君臣岂不陷于无情无义之地?"

众臣立即跪下,异口同声地说道:"陛下仁爱之心,臣等终身不忘!"

初夏的阳光已有了烈性,君臣不觉又热又渴起来,于是停下来歇息。

一下马,众臣就抱起各自仆人递上的水壶,"咕噜咕噜"大口喝起来。赵匡胤坐到一棵树下,看了看贴身太监肖礼。"陛下,您,您……"肖礼不知何意。赵匡胤没说话,起身翻检肖礼带来的御用物品。肖礼突然脸色惨白,"扑通"一声跪下,小鸡啄米般磕头:"陛下,老奴该死! 老奴忘了带水。"

"大胆阉人！竟将如此要事忘记！"一位大臣丢下水壶，"腾"地站起，抓住肖礼的领口说道，"陛下，令此等蠢货服侍您，臣等焉能放心？斩之，斩之……"

"爱卿误会矣！"赵匡胤推开另一大臣递上的水壶，舔了舔嘴唇，"朕非口渴，朕乃欲寻他物，与肖礼无关。"说完，赵匡胤起身，带领众臣回宫。

一路上，赵匡胤快马加鞭，急如星火，一入宫门就叫肖礼备茶。肖礼急忙端来热茶，赵匡胤摆手说："等不及也，朕口渴难耐，快来凉水。"

赵匡胤一连喝了三大碗凉水，才长长地舒了一口气。肖礼又"扑通"一声跪下磕头："谢陛下宽恕老奴，不杀老奴。"

"人皆有疏忽，朕也难免。朕在猎场即口渴难耐，然朕只得佯言不渴，不然众臣定将依朝廷定制治尔死罪。"赵匡胤让肖礼起身，"朕岂可因一己一时之渴而断送一条性命？如此，朕岂不成为昏君暴主？"

打猎一下午，赵匡胤累了，早早用了晚膳，上床睡觉。半夜时分，赵匡胤只觉得腹中"咕咕"直叫，饥饿难受，就起身下床，看了看点心盒，空的。赵匡胤还想找什么，肖礼急忙跑进来，问他是不是想用膳。赵匡胤点了点头。肖礼又问他想吃什么——这些年来，赵匡胤还没有过半夜用膳的先例。

"给朕上一盘……一盘……"赵匡胤突然闭了嘴，不说了。

肖礼一再磕头追问，赵匡胤说："朕并非饥饿，退下吧。"

"依臣妾看，陛下显然饥饿也。"皇后不知何时走了过来，"且陛下心里正欲得一食，然陛下焉何不言？"

赵匡胤点点头："皇后所言不错，朕确实饿矣，朕亦确实欲得一食，然朕不可言。"

"陛下乃一国之君，焉何连所欲之食亦不可言？"皇后很纳闷。

"正乃朕一国之君，才不可言矣。"赵匡胤轻轻叹口气，"皇后知晓，那年朕为敌军所困，断粮三日，大将石守信冒死突出重围，得一牛肝！牛肝！其滋味，朕至今尚记得深刻，真乃天下极品美味也。"

"陛下所欲之食乃牛肝耳。"皇后明白了，"区区牛肝，陛下焉何不言？臣妾即令御膳房……"

"不可不可！"赵匡胤急忙拉住皇后，"朕今日打猎，见农人于耕牛之情谊，堪比朕于朝中股肱之臣之情谊。换言之，耕牛之于农人，犹股肱之臣之于朕。御膳房如若知晓朕喜好牛肝，则此后每日必有一牛单凭朕口腹之好而丧生！耕牛丧，农人何堪？如若再有官吏以此为名，巧取豪夺，农人岂不愈发遭殃？"

"区区牛肝，何至于此？"皇后笑了，"臣妾以为，陛下多虑矣。"

赵匡胤一声长叹，严肃地说："朕乃一国之君，万民目之所聚，一言一行，皆非小节，当时刻如履薄冰，如临深渊，不可率性，不可不虑之再虑，慎之再慎也！"

飞入金銮殿的蚂蚱

北宋景德年间，全国大部分地区蝗灾严重，百姓苦不堪言。这一年，宋真宗虽然派出多路名大臣赴各地治蝗，但效果甚微。宋真宗大怒，将他们一一治罪，或贬谪，或入狱，并传旨：来年若再有蝗灾又得不到有效治理，治蝗者均罪加一等。

第二年刚入春，蝗灾的征兆就显现了出来，各地请求防灾救灾的奏章，也纷纷涌向金銮殿。早朝上，宋真宗问满朝文武谁愿意担当治蝗重任。百官们一个个弯腰低头，双目灰暗，一声不吭。宋真宗不由叹道："尔等身为百姓父母，吃着朝廷俸禄，今百姓遭苦受难，却一个个事不关己，装聋作哑，职守何在？良心何在？"宋真宗再问，还是没人应答。宋真宗连叹数声，不得不收回上一年的谕旨，说："此次治蝗大臣，只要能忠于职守，勤勉工作，即使无功，也不受罚；而有功者，重赏！"

很快，一个叫王桥的大臣站出来，表示愿意担当治蝗大任。接着，又几个人自告奋勇。宋真宗很高兴，一一允可，命他们即日启程。

不日，王桥的奏折传来："陛下，臣尚在赴任途中，却见阵阵蝗虫遮天蔽日，振翅如雷。其经行之处，寸草不留，云树无皮，人畜身亦伤痕累累。依臣愚见，今岁蝗祸定甚于往。臣虽有隐隐惧意，然臣已抱'不灭蝗，宁身死'之志。望万岁龙心安放！"

看了奏折,宋真宗既焦心又欣慰,焦的是如此灾害能否治理?欣慰的是幸有王桥这些忠君爱民又敢于担当的大臣。

不久,王桥的奏折又传来:

"陛下英明!臣此次治虫,深以往日治虫之挫败为镜鉴。下车伊始,臣即布告滁地百姓:妇孺老幼,每日于田间地头,敲锣打鼓,鼓瑟吹笙,口传皇上仁德。不几日,蝗虫深感皇上之仁德,习性大变,不食稻禾,止吮吸禾叶之露珠雨滴……"

宋真宗感到此事蹊跷,正准备派人下去核查,又收到其他几位大臣的奏章:

"承万岁仁德,本地出了一种奇异之虫,专吃蝗虫,因此庄稼安然,百姓泰然。"

"蒙吾皇天恩,本地蝗虫正欲兴风作浪,即遭雷电暴雨,全部毙命,连虫卵也悉数爆裂。"

"泽皇上隆恩,本地蝗虫已遭神奇之力,全部身首异处,成了禽鱼之美味。"

"本地蝗虫自觉愧对浩浩皇恩,纷纷投海自尽,海民捞其烹饪,味美无穷。"

"本地蝗虫感念荡荡圣恩,先只吃庄稼之枯枝败叶,然后抱根而亡,化作奇肥异养,滋养得庄稼异常喜人……"

宋真宗还是将信将疑,又派出多名宦官前往各地打探和督察。

很快,宦官们回来了,乐滋滋地向宋真宗呈报,说各地确实如各位大人奏折所说,安然泰然。宦官们绘声绘色地向宋真宗叙说各位大臣的治蝗技巧:独特如天来之笔让人梦想不到,神奇似仙人指路叫人称颂不尽,洒脱若如来覆掌令人羡慕不已。宦官们还代各位治蝗大臣叩谢宋真宗，说："此次治蝗成功，全赖万岁龙威圣德和朝廷教化之功。现在蝗虫已灭，百姓丰收在即，叩请万岁龙心安放！"

宋真宗激动得拍着龙案连声叫好，传旨召各路大臣回京。

宋真宗亲率满朝文武，来到城外，迎接王桥等人。接着，宋真宗在金銮殿为王桥等人举行了盛大的表彰大会，重奖治蝗大臣。

中午，宋真宗又在金銮殿为治蝗大臣大摆御宴，命满朝文武作陪。然而，就在宋真宗端起酒杯给王桥赐酒的时候，阳光像是被什么遮挡，殿内也影影绰绰起来。还没待宋真宗抬头去看，殿内已阴暗如黄昏。与此同时，黑压压一片飞行物，裹挟着闷雷般的"嗡嗡"声响，蜂拥进殿——蝗虫来了！转瞬，龙椅、龙案、屏风、杯盘，甚至宋真宗和文武百官的身上，同时落满了蝗虫。

几分钟后，在大内高手和众太监的拼命赶杀下，蝗虫才依依散去。此时的金銮殿，虫腥刺鼻，到处布满了密密麻麻的虫尸虫粪，屏风、龙椅被咬得斑斑驳驳，宋真宗的龙冠、龙袍及脸上也是不堪目睹。

宋真宗脸色惨白，满朝文武目瞪口呆，殿内一片死寂。

太监来报，滁州、巴陵、陈州太守求见皇上。宋真宗准见。三人进殿，"扑通通"跪伏于地，声泪俱下："万岁圣明！今岁蝗祸惨烈，臣等赴京途中，处处蝗虫，如墨如云。臣等治下更已赤地千里，颗粒无收……"

宋真宗手扶龙案，颤巍巍地站起身，口念数声："哀哉，百姓！幸哉，蝗虫来报……"忽然，宋真宗猛拍龙案，指着早已面如死灰，身如筛糠，瘫伏在地的王桥等大臣和宦官，叫道："快！快将此等禽兽，拉出去，斩！斩！斩！"

蜂王之死

冬去春来。蜂王——对,你生来就是蜂王,六个月前,你的母后产下你这颗蜂卵时,就注定了你今天就是蜂王——你从地下爬出来,嫩弱的翅膀,颤巍巍,展不开。不错,你现在很虚弱,但你很快就能拥有一个战斗力极强的大黄蜂王国。

你产下第一颗卵。从现在起,你只要将这颗卵孕育成功,以后,你就能安享王座,对你的王国颐指气使了。

不久,你成功了,你的第一个战士诞生——除非你生命的最后时刻,他和你王国的所有战士都将被你分泌的信息素牢牢控制,唯你是从,绝无二心。

很快,第二个、第三个战士出世。你的队伍越来越大,你需要的食物也越来越大。你下达了第一道大规模战斗的命令。

一种产于欧洲的蜜蜂——是的,是蜜蜂,一种和你并不遥远的近亲物种,他们仅仅因为数量大、营养丰富,就成了你战斗生涯的第一大牺牲品。

一番战斗,你的战士将战利品——欧洲蜜蜂的尸体,呈于你的面前。

你尝到了甜头。第二道、第三道战令不断被你下达。开始,你的战士还像第一次那样,以杀死蜜蜂掠夺尸体为目的,但他们很快发现了蜂箱里有更营养的蜂卵和蜂蛹。于是,更大规模、更加疯狂、更为惨烈的杀戮开始了。你的每个战士每分钟能杀戮十只欧洲蜜蜂，地上转眼就躺满欧洲蜜蜂的尸体。你的战士冲进蜂箱，掠走卵、蛹，就连他们的蜂王也成了你的美味。

几天后，你又一次命令掠杀欧洲蜜蜂，可这次你失算了——养蜂人怕你，带着蜜蜂逃走了。你只得命令你的侦察兵去寻找新的掠杀对象。于是，小黄蜂——不错，是小黄蜂，一种与你有着更近血缘关系的小生灵，祸从天降。

你同样失算的是，这种美味也只有一次——为了保种，小黄蜂也迁走了。和你做邻居，对谁都是悲剧。

你命令侦察兵再一次出动——现在，你的王国太大了，你必须有大量的源源不断的食物。一种产于日本，个头和欧洲蜜蜂差不多，但蛋白质含量更高的蜜蜂，进入了你们的视线。

你的侦察兵肆无忌惮，飞近日本蜜蜂的蜂箱。日本蜜蜂大骇，立即躲进蜂箱里。日本蜜蜂的这一举动其实是反常的，因为对于你们蜂类大家族来说，遇到侵略时，从来都是誓死在巢（箱）外抵抗，以保护巢（箱）内的卵、幼虫和蜂王。此时，你的侦察兵应该冷静下来，多了解一些情况，但是他早已被胜利和骄傲冲昏了头脑，想也不想就冲进蜂箱。

那一刹那，你的这只侦察兵或许意识到了什么异样，也或许想抽身飞出来，但一切都晚了。日本蜜蜂一哄而上，将他围得密不透风。奇怪的是，日本蜜蜂只是围住你的侦察兵，快速地扇动着翅膀，嗡嗡嗡地叫着。你的侦察兵左冲右突，但毫无用处。他的体温迅速上升，上升……几分钟后，你的侦察兵死了——在漫长的抗争史里，日本蜜蜂发现了你们的致命弱点：你们的体温极限是46℃，而它们是48℃。

你的另一只侦察兵又发现了日本蜜蜂,冲进去……第三只,第四只,一只只冲进去。结果,一只也没有飞出来。

你当然不知道发生了什么,你也不知道你派出的侦察兵为什么总有几只回不来,回来的却尽是那些没有任何新发现的。你只得不断地派出侦察兵,可结果总是一样。

你觉得情况在变化,你也感觉到气温在变化,你知道自己至少还要产下一颗卵。为了这颗卵,你需要更丰富的营养。于是,你疯了,无休止地给你的战士下达进攻令,哪怕对方是有着坚硬甲壳的金牛、以蜂为食的飞鸟。你根本不顾及你的战士每次都劳而无功或自取灭亡。你为战争而生,你因战争而强大,你不能没有战争!

好在,秋天还不太深,气温也不太低,你的战士还能用生命为你换来些食物。你靠这些食物,终于产下了那颗重要的卵——一颗来年将和你一样的蜂王之卵。

可是,此时,那种你一直用来控制你所有战士的分泌物——蜂王信息素,你再也分泌不出了。你的战士们敏锐地捕捉了这一信息,他们一哄而上,就像曾经对待欧洲蜜蜂、小黄蜂一样,不同的是还带着复仇的火焰,转眼将你撕得粉碎。接着,内讧在他们之间迅速展开……

你曾经辉煌无限、战无不胜的王国,一个小时不到就尸首满巢,土崩瓦解。

——这些,你绝对没有想到吧。

想告诉你的是,那颗被你留了特殊信息的蜂王之卵,安然无恙。来年,他将重走你的路。

绝对战胜

　　秋夜,如洗的月光,直穿过三十八万公里的尘埃,到了地面,却被苍松野菊摇曳得支离破碎,在山石上呻吟游弋。远远近近,一点点绿幽幽的光,发射出一束束绿莹莹的光剑,在树林里扫荡。

　　忽然,一阵急促的追逐声响起。接着,失败者的惨叫声和胜利者的长嚎声,同时传来。大山也仿佛毛骨悚然起来。

　　这里,是狼的世界。

　　今晚,是农垦部队进驻野狼岭的第一夜。石连长指着那一只只绿幽幽的眼睛,说:"同志们,感谢首长让我们到这儿来,我们不仅要狼口夺粮,还要吃狼肉,喝狼汤,啃狼骨。"石连长说着就举起枪,"咔咔咔",三只狼滚下山来。

　　这一夜,石连长开了十枪,十只狼毙命。

　　第二天,整个山野都弥漫在新鲜狼肉的香味中。饭桌上,石连长将八个月大的儿子垦垦放坐在腿上,他自己一手握狼腿,一手端酒杯,啃一口狼肉,喝一口酒,又舔舔油晃晃的嘴唇说:"同志们,皇帝也没我们吃得好呀?"众人纷纷应和。

　　"狼!狼!"忽然的大叫,让喧闹的营房立即寂静下来。众人向外看去,一大群狼正悄然向营房围拢而来。石连长大叫一声:"别怕,听我的命令!"

　　枪声大作,石连长和战士们冲了出去。狼群短暂的慌乱后就开始猛烈反扑,但密集的子弹不待它们扑上来就穿透了它们的身体。偶尔一两只狼扑上战士的身,却立即被砍刀劈倒。

枪声,喊杀声,哭叫声,狼嚎声,响成一片。

狼群失败了,但并没有离开——这儿是它们世代生活的家园。一连几个晚上,狼群都不停地在山上游走,默默地看着灯火透明的营房和这群忙着拔狼皮、剖狼肚、吃狼肉的人。时而,一阵凄厉的嚎叫,直怵得月光都微微战栗起来。

这天晚上,石连长和战士们正在喝烈酒,吃狼肉,忽然妻子哭叫着跑来:"垦垦不见了。"

战士们好一阵寻找后,确定垦垦是被狼叼走了。

"畜生,叼了我的孩子就能赶走我?"石连长一阵难过后,对妻子说,"别难过了,俗话还说舍不得孩子钓不着狼呢。我有办法了,我要将这群畜生一网打尽,一个不留!"

不一会儿,石连长带着几名战士来到山上,不费多大周折就抓到了几只狼崽。石连长把狼崽装进铁笼里,挂在营前百米外的一棵大树上,又在树下放了一盆浓盐水。

第二天一早,公狼哀号着找来了。当听到狼崽的呼唤时,公狼不顾营前荷枪实弹的战士,径直跑到大树下,向着笼子猛然蹿起,却重重地摔下来。公狼爬起来,再蹿,再摔。公狼再也蹿不起来了,就开始往树上爬,也失败了。公狼哀号着,声音越来越嘶哑,越凄凉。

有战士心软了:"连长,干脆一枪结果它算了。"

"没那么便宜!"石连长冷冷地说,"它们吃了我的孩子,我能让它们这么快就死?"

公狼站不起来了,趴在树下拼命地啃树干,企图将大树啃倒。

"咔嚓""咔嚓",树皮被一块块啃下来,嘴角的鲜血也一滴滴流出来。公狼口渴了,见旁边有一盆水,跑过去,大口大口喝起来。喝了几口,又继续啃树。没啃上几口,又口渴难受,再去喝水……

公狼不知道为什么越喝越渴,越喝嗓子越难受——它当然不知道,那盆水里,被石连长放进了很多食盐。

公狼终于瘫倒在地。

石连长和十几个战士跑上去一看,地上、树干上、啃落的树皮上,血迹斑斑。公狼已经死去,但两眼圆瞪,直盯着树上也已死去的狼崽。战士们呆呆地看着,连何时面前出现了一大群狼也毫无觉察。

石连长和战士们不由得大骇——他们跑来时都没有带枪,营房里的战士们并不知道这里发生的事。就在石连长他们不知所措的时候,奇怪的一幕出现了:狼群慢慢向两边让开,直至让出了一条道。更奇怪的是,一只母狼,蹲坐在地上,安静而慈祥地给怀里的一个孩子喂奶。

"是垦垦!"石连长颤抖着说。

"它们……它们,是将垦垦劫去,做人质,现在……现在来交换人质。"一个战士颤抖着说。

垦垦吃饱了奶,母狼舔了舔他的小脸蛋,将他放到地上,站起,急切地向大树走来。

眼前的景象让母狼愣住了。好一会儿,它才慢慢抬起头,看着笼子里的狼崽,张开嘴,却没有叫出声,豆大的泪珠一滴滴滚下来。几只老狼走上前,低低叫着,分明是要它离开。它不理睬,慢慢走到公狼身旁,蹲下,闭眼,在公狼身上爱抚地舔了又舔……

突然,随着一声凄厉的嚎叫,母狼一头撞向大树!

与此同时,石连长和他刚刚抱到怀里的垦垦不约而同地大哭起来,战士们也不约而同地哭起来。

从此,野狼岭再没有跨进一只狼。

离家出走

我是一只四岁的雄性河马,即将成年。四年里,我逃脱了无数次的死亡:河里无处不在的鳄鱼、岸上总是虎视眈眈的狮子,它们随时能将我撕碎,吞食;还有,家庭成年雄性之间无休止的争斗,也能随时将我踏得粉碎。现在好了,这些对我都不再构成危险了,我可以自由自在地生活了。不仅如此,只要我愿意,我就完全有可能在不久的将来,将水里和岸上的一切撕碎,踏碎。

我们的大家庭一直生活在这条河里,可现在河水越来越少,几近断流,河差不多成了沼泽。然而,家庭成员的脾气却越来越暴躁,尤其那些成年雄性成员,争斗愈发频繁和惨烈。

又一场战斗结束了。老首领带着累累重伤逃走,谁也不知道他还能不能活下去。新首领是比我大不了多少的歪鼻子哥哥,曾经我们常常在母亲们的看护下一起亲密地玩耍。现在,他做了首领,我很高兴,急忙向他走去。可是,我离他还有几米远的时候,他突然张开那仅我们河马才有的地球上最大的嘴巴,向我扑来……

幸好我判断正确,知道歪鼻子哥哥不是在和我玩,转身逃离。

这一逃,我逃离了死亡。我很纳闷,不知道歪鼻子哥哥为什么会突然变了。

天气越来越热,我们的沼泽地一天天缩小,但争斗片刻不停,污浊的泥水四溅。我苦闷,他们为什么不珍惜这本已不堪的环境和体力?

又一场战斗开始了。这次是我的大眼哥哥挑战新首领歪鼻子哥哥。要知道,他们俩是曾经最好的伙伴啊。

大眼哥哥张着大嘴冲向歪鼻子哥哥,歪鼻子哥哥张开大嘴迎战。他们那长达三十厘米的大门牙毫不留情地刺向对方。周围,乌黑的泥水转瞬成了红色。歪鼻子哥哥明显不敌大眼哥哥,这是我意料中的,因为自从他当上首领后,每天都无数次地忙着交配,无数次耀武扬威地巡逻领地。我想,那么多兄弟们之所以会不惜一切地觊觎着那个位置,乐趣大概就在这里吧。

歪鼻子哥哥终于转身想跑,但大眼哥哥却咔嚓一声咬断了他的一条后腿。大眼哥哥还不罢休,在歪鼻子哥哥身上,一口又一口,毫不留情地撕咬着。最后,大眼哥哥整个身子压上歪鼻子哥哥身上……

为了那短暂的神气和快乐,歪鼻子哥哥付出了生命。

我对大眼哥哥杀死歪鼻子哥哥颇为不满。歪鼻子哥哥虽有不是,但也不至于如此惨死啊。我想将我的想法告诉大眼哥哥,但立即,我发现了他的眼光,充满杀戮。我知道,大眼哥哥从此也不再是我的哥哥了。他是首领。

沼泽地在继续缩小。战斗到了白热化。我苦闷至极,想与最亲密的尖耳哥哥玩耍,他却凶狠地拒绝我。我这才想起,近些天来,尖耳哥哥不再那么活泼好动了,除了默默地吃,就是静静地休息,偶尔睁开眼,却总是直愣愣地盯着新首领大眼哥哥。我浑身一激灵,难道……难道我的尖耳哥哥也要……我不敢想下去。

我的想法不久就得到了印证。在一个酷热难当的午后,尖耳哥哥冲向了大眼首领.一番血战后,尖耳哥哥倒在了污泥里——他没有大眼哥哥曾经的幸运。我不知道可怜的尖耳哥哥临死前会怎么想,他后悔吗?

看着大眼哥哥胜利后那无比的神气,我的心里突然有了一种从未有过的可怕的念头。这个念头令我不寒而栗。

比我小的兄弟来找我玩,我竟然粗暴地拒绝。我知道是那个可怕的念头在潜处支配着我的行动。我越发害怕起来。我告诫自己:我不要血腥的成长。

大眼哥哥终于被另一个兄弟打败了。他的死,同样是悲惨的。

我努力控制着内心那个可怕的念头,我不能让他变为行动。否则,我,或者新首领,必有一个落得歪鼻子哥哥、尖耳哥哥、大眼哥哥一样的下场。而且,我知道,这样的胜利永远都是暂时的,即使这次是胜利者,不久的将来也逃不掉同样的失败的下场。

难道,这种无休止的争斗和杀戮要永远持续下去吗? 难道,这就是我们走向成年的宿命吗? 难道,我们就没有别的成年之路吗?

新首领看我的眼光越来越充满敌意和杀戮。我知道,我的存在已令他不安。他容不得我了,即便我不向他挑战,他也随时会主动发起针对我的战斗……不! 我不要血腥!

终于,趁着一次天昏地暗的战斗,我逃出了那片血腥之地。

我新的空间虽然很小,但我知道,从此,我可以过上我想要的生活。

灭鼠救灾

宋真宗年间,舒州府大旱。古皖大地,从年头到年尾,没下过一场像样的雨。整整两季,老百姓颗粒无收。时节又进入初夏,皖河断流,赤地千里,饿殍遍野,燥热的空气中到处弥漫着腐臭和死亡的气息。

灾情一级一级报告到朝廷。宋真宗大惊,火速颁旨,命令各地即刻开仓赈灾。

然而,半个月后,舒州府的奏章送上来了,说粮仓里无粮可赈。原来,近年来,舒州一带鼠患严重。粮仓里的粮食,八成以上都进了老鼠的肚子。

宋真宗来不及追责,一面下旨各地调粮赈济舒州,一面命令舒州急速开展鼠口夺粮运动。

单说舒州府,接旨后,火速召集舒州府大小仓吏开会,传达皇上旨意,讨论如何"鼠口夺粮"。两天后,会议有了结论:先灭鼠。如何灭鼠?会议继续讨论,结果是:投毒,置鼠夹。于是各县分头行动。但很快,消息传到府衙:老鼠都有了灵性,不食有毒药的美味,不碰鼠夹上的美食。

再开会讨论。结论是:纵猫灭鼠。但结果更令人意外:老鼠太厉害了,已经有了与猫搏斗的勇气和力气了,放进去的猫,一半以上死在里面,好不容易跑出来的,也是四肢不全。这也难怪,在粮仓里肆无忌惮地吃了这么多年的细粮精粮,能不成精吗?

朝廷的救灾粮还没有到,老鼠还在吞食着有限的几粒粮食,灾民还在继续饿死。

这天,一佝偻老者来到舒州府衙,求见知府范之慎。范知府召见。老者自报家门:庐州府后张人士,人称"鼠爷",有灭鼠绝活,可除舒州鼠患。

范知府细观此人:身披粗布短褂,肩搭白布细口褡裢,脚跐大口布鞋。身材精瘦,面庞乌紫,银须飘然,尤其那一双小眼睛,恰似那一双双鼠目,滴溜溜,放寒光。范知府遂命人将"鼠爷"领入粮仓。

打开仓门,果然梁柱、墙壁、地面上,到处是鼠。大者似猫,或大口吞粮,或追逐嬉闹;小者刚刚能走路,一边跟着母鼠吃奶,一边在粮食上打滚撒泼。见了人,它们一点儿不惊怕,照吃照玩,宛如无人之境。一个衙役操起一根棍棒甩去。鼠们忽一下鸟兽而散,一鼠未伤,一毫未损。可众人刚刚向前一步,它们又鱼贯而出,该吃的照吃,该玩闹的照样玩闹。众人摇头叹息,看着"鼠爷"。

鼠爷轻捋胡须,微微一笑,伸手从褡裢里掏出一把弹弓,又顺手从粮仓里抓过几粒黄豆,拉弓,"啪""啪""啪"三声。鼠群依旧吃闹,毫无反应。"鼠爷"一拍手,鼠散。再看,地上躺着三只硕鼠,还在微微颤动。走近一看,一只鼠,黄豆从右眼入;一只鼠,黄豆从左眼进;第三只鼠,黄豆从颈项里穿出。众人叫好。

"鼠爷"被留下,专门灭鼠。

"鼠爷"更有一个绝活:用弹弓将黄豆从鼠肛射入,鼠却毫无所知,待两三个时辰后有所发觉了,却晚了。黄豆在鼠肛里膨胀,不仅胀得它难受,更堵住了它的排泄。第二天,这些鼠开始乱叫,乱冲,乱撞,直至发疯,见鼠咬鼠。很快,被咬的鼠也发怒发疯。于是,粮仓里大大小小的鼠,互相追逐,互相撕咬,一片混乱,一片血腥。不出半个月,舒州粮仓再难见到一只鼠。

鼠患平息了,各地的救灾粮也开始运进了舒州粮仓,但灾民依然无粮可吃,依然在饿死。"鼠爷"一打听,舒州府上奏朝廷的折子上,写的还是:"鼠患严重,救灾粮入仓口即入鼠口。""鼠爷"甚觉蹊跷。

这一天,又一批救灾粮运进粮仓里。深夜,"鼠爷"凭借其一身轻功,夜探粮仓。"鼠爷"大惊,原来粮仓里还有更为硕大的鼠。

"鼠爷"连夜来到知府衙门,求见范知府。"知府大人,如今舒州鼠患,实为……""鼠爷"跪在范知府脚下,详细叙说自己亲眼之见,最后磕头道,"知府大人慈悲啊,开恩啊,救救舒州百姓吧!"

范知府大惊失色,拉起"鼠爷",发誓彻查鼠患,还舒州百姓公道。

"鼠爷"刚走出知府衙门不远,一辆马车飞一般地向他冲来。好在"鼠爷"轻功了得,跳了过去。"鼠爷"刚想追上马车责问,马车上却跳下几个人。借着微弱的月光,"鼠爷"看见了,这几个人正是知府范之慎的贴身衙役。"鼠爷"头脑里"轰"的一声,什么都明白了,跳上一座房子,跑了。

"鼠爷"好不容易躲过一路追杀,来到京城,见到自己一位在朝中任职的旧友。旧友听了"鼠爷"叙说后,急奏皇上。宋真宗大怒,当即派出钦差赶赴舒州府,彻查"鼠患"。

几天后，舒州知府范之慎及舒州府所辖各县县令、大小官吏近百人，"鼠"头落地。

至此，舒州府"鼠患"才真正平息。

亡羊补牢新编

一大早，牧羊人发现又一只羊被狼叼走了，才意识到自己昨天不修羊圈是错的，于是立即从山上砍来几根手腕粗的树枝，动手修补。

"慢着慢着，你不能修！"村主任大老远就跑着叫着，"你的事，乡长知道了。乡长很关心你，待会儿要亲自过来，给你修羊圈。"

"乡长给我修羊圈？"牧羊人根本不敢相信自己的耳朵，"乡长那么忙，我这点小事咋能劳驾乡长？还是我自己修吧，两支烟工夫的事，简单。"说罢又忙起来。

"住手！"村主任把手里的烟往牧羊人手上一砸，"乡长是忙，非常忙，最忙！但乡长的忙还不都是为了咱老百姓？乡长爱民如子，你不要不识抬举！你给我记好了，让乡长给你修羊圈，是你的任务！"

见村主任生气了，牧羊人很害怕，急忙停下来——这几年养羊，村主任既没有收过他的空气污染费、噪音污染费，也很少带相关部门的人来他家进行羊圈建设、卫生防疫、疾病防控、饲料配制、饲养窍门之类的指导工作。比起外村和本村其他的养羊人，牧羊人真是太幸运了。牧羊人给村主任递一支烟，怯怯地问："村主任，乡长给我修羊圈，费用，我……我……"

"笑话！乡长为民服务，还要钱？"村主任一瞪眼，"你只管在家等着，等着乡长来给你修羊圈，哪儿也不要去！"

太阳到头顶了，还没有等来乡长。牧羊人很着急，想去问问村主任，可又想乡长忙，村主任也忙，还是再等等吧。

太阳就要落山了，乡长还没有来。牧羊人硬着头皮去找村主任，问乡长什么时候来。

"乡长那么忙，你叫他啥时来他就啥时来？"村主任打着酒嗝说，"回去等，快了！"

天黑透了，乡长依然没有来。牧羊人自己想修羊圈，又不敢。

夜里，牧羊人似乎没敢合眼，还起来察看了无数遍羊圈，但天亮一看，羊还是丢了，而且好几只。大概是那只狼大公无私，呼朋引伴来的吧。

等啊等，新的一天又过去了，乡长还是一点儿影子都没有。次日早晨，牧羊人一看，羊又丢了十几只。

第四天上午，乡长终于来了，一大帮人，坐着车。乡长一下车就握着牧羊人的手，满脸悲戚，对牧羊人的遭遇表示十分同情和亲切慰问，接着围着羊圈仔细察看几圈，然后在那个破洞前停住脚，弯腰，蹲下，左看，右瞅，上比比，下划划，手拍拍，脚踢踢，又和陪同的乡村干部研究来研究去……足足两个钟头，乡长敲定了修补羊圈的方案。

一会儿，一辆满载玉米秸秆的大车开来了。村主任拍着玉米秸秆，笑着说："乡长考虑问题就是全面，用玉米秸秆，既方便，又节省成本,还解决了秸秆焚烧的环境污染难题。我们乡长真是节约资源、保护环境的忠诚践行者啊。"

不足一支烟工夫,七八个工人就将羊圈修好了。村主任请一直现场指挥的乡长说几句。乡长站到修好的羊圈前,咳几声,从国内外形势说起,讲到朝廷的畜牧业政策、本乡的具体举措、养羊的重大意义、修好羊圈的重要作用……直说得满头大汗,日上头顶。临走时,乡长又握着牧羊人的手,问是否满意,还有没有别的要求。牧羊人直点着头,一句话也说不出。

次日早晨,羊又丢了二三十只——玉米秸秆哪能挡得住狼啊?牧羊人正蹲在一旁抹眼泪,村主任又来了,兴奋地说:"好消息,县长要来给你修羊圈了……"

县长来得很快,当天下午就来了,而且,县长带来的不是玉米秸秆,也不是修羊圈惯用的树枝,而是闪着银光的不锈钢钢筋。

县长握住牧羊人的手,一番慰问后,围着羊圈察看好几圈,又蹲到破洞前和县、乡、村干部们商议好一会儿,一份详细的修补方案制订出来了。接着,县长叫过随行的建筑设计师,亲自指导他绘制了施工图纸。最后,县长亲自指挥施工队施工……

一个多小时后,施工人员就拆除了原先的树桩羊圈,建成了全新的不锈钢羊圈。县长发表一番讲话后,驱车离去。

月光下,牧羊人看着银光闪闪的不锈钢羊圈,不由得有些高兴。建筑设计师和施工队队长走过来,递上一大沓票据,说:"结账,设计费、材料费、人工费,合计……"牧羊人一听那数字,眼前一黑,一头栽倒——那费用,牧羊人就是把圈里的羊全卖了,也不够。

我在崇祯年间的那些事儿

我八岁那年，我娘被凤阳县一个衙役糟蹋死了。不久后，我爹在给我娘申冤的时候，也莫名其妙地死了。我成了一个孤儿，被卖到一个大户人家，做家奴。

十五岁那年的一个晚上，主人看着满桌的山珍海味，唉声叹气。我知道他是吃腻了一切。我想起了我娘曾经给我做过的一个食物，就跑进厨房，取一些豆腐渣、玉米粉，打两个鸡蛋，放上葱和姜，用水搅成糊，再放油锅里一炸，然后端到主人面前。主人吃后，摸着我的头说："'黄金灿'好啊，我十年都没吃得如此饱了。"

几天后，主人说他晚上请凤阳县令吃饭，要我一定做好"黄金灿"。晚上，凤阳县令吃了"黄金灿"后，立马答应了主人一件非常重要的事。然后看着主人，拍着我的肩膀，直夸我聪明。主人更聪明，当场就把我送给了县令大人。

我知道，单靠一个"黄金灿"，我是很难在县令大人家立住脚的。县令大人像那时候所有的官老爷一样，是个美食家。他家的好几个厨子，个个都有绝活。我告诉自己，必须整日绞尽脑汁琢磨新花样，必须每日都能满足县令大人的那张嘴。

我发明了一种"活辣鸡"：将七七四十九天大的小公鸡饿、渴三天三夜后，关到铁箱子里，箱下用小火炙烤。等箱内温度达到六十度时，再放入一盆含有葱、姜、盐的辣椒油。又热又渴的小公鸡，一见到辣椒油就迫不及待地喝起来。于是，它越喝越渴，越渴越喝。等小公鸡落掉身上最后一根毛的时候,我抓出它,快速抠下它的胸脯肉,送到县令大人嘴边。常常,县令大人"吧嗒吧嗒"着油晃晃的大嘴巴的时候,小公鸡的眼睛还在滴溜溜地转呢。

那天晚上,县令大人发觉"活辣鸡"味儿不对,问我是怎么搞的。我哭了。县令大人很生气,问是谁欺负了我。我说:"我昨夜梦见我娘了,我娘说她还没有瞑目……"于是,我爹当年拼了命也没有讨回的公道,被县令大人一句话,搞定了——那个糟蹋我娘的衙役,被当即处死。

不久,县令大人请知府老爷来家吃饭。第二天,我成了知府老爷家的厨子。

我给知府老爷发明了"鹅掌跳":在铁板上撒上盐和葱、姜、蒜、椒的粉末,再洒上酱油、黄酒、醋,然后捉一只活鹅放上,用铁笼罩着。铁板下用木炭火,慢慢炙烤。铁板热起来,鹅就不断地轮流着提起两只脚。等鹅的两只脚都无法提起时,我抓出它,剁下它的脚,捧到知府老爷嘴巴边。于是,知府老爷一边"吧唧吧唧"嚼着跳动的鹅掌,一边看着"嘎嘎"惨叫的鹅,大笑。

那次,同样是在知府老爷觉得"鹅掌跳"味儿不对的时候,我又哭了,说:"我昨夜梦见我爹了……"于是,我爹死亡真相水落石出,好多官老爷丢官下狱。

看官您一定看出了我超凡的能耐了吧。是的,我虽然只是一名厨子,但整个凤阳府,大大小小几十名官员,我让谁上,谁就能上;让谁下,谁就得下;让谁死,也易如反掌。为什么呢?我主宰了知府老爷的嘴和胃啊!就连知府老爷自己,也常常对我赔着小心。不然我会在他请重要客人的时候,来个"一不小心",那样他就弄巧成拙了。

看官您一定非常佩服我了。其实不必,我只是那个时代千千万万厨子中普普通通的一个。人家京城里的厨子,连朝中大员、封疆大吏的命运都能主宰呢。我的这点小幸运,只是因为生长在那个"三百六十行,一官二厨子"的特殊年代而已。

二十二岁那年,凤阳知府把我送到洛阳。我成了福王朱常洵的厨子。我的能耐更大了。一次,福王在吃了我做的"酥香活驴鞭"后,拍着我的肥脑门说:"好好干! 我吃得好了,你就什么都好了……"

我的确让福王吃得好了,但我发明的最后一道菜不是为福王做的,而是用福王做的:

崇祯十四年正月二十一,当福王正在享受着我为他发明的"猪嘴叫""猴在思"的时候,府外忽然响起"吃他爹,吃他娘,开了大门迎闯王……"的喊杀声……

闯王请我为义军将士做一道菜。我看了看被绑在一旁的三百六十斤重的福王,冷冷一笑,一道菜在我脑海里形成了。我叫人从福王园林里抓来一只梅花鹿,对闯王说:"请让我为将士们做一道'福(福王)禄(鹿)宴'吧,愿义军福禄亨通,早日推翻这吃人的社会!"

说着,我提起一把尖刀,笑眯眯地走向福王……

一碗泥鳅面

"都出来啊,快出来啊! 王麻子要毙人啦,毙人啦……"村子里,老根叔一边疯跑着,一边塌了天般地号叫着。

窑洞前,麻将军枪指绑在树上的勤务兵小冯:"再问一遍,我军的纪律,你知不知道!"

"知道!"小冯大声说。

"好,那别怪我不讲情义了!""咔"一声,麻将军将子弹推上了膛。

"枪下留人!"老根叔跌跌撞撞地冲到麻将军面前,一把捂住枪口,"王麻子,不,王将军,不能毙啊!"与此同时,围过来的老乡们也齐刷刷跪下:"不能毙啊将军,求你了……"

"让开,让开!"麻将军推着老根叔。

"你看,娃这么小,又满身是伤,都是打鬼子和帮老乡落下的啊!"老根叔颤抖着说,"王麻子,做人可得讲良心啊!"

"良心? 老乡的一根草、一截线,啥不是血汗换来的? 他拿老乡东西的时候,良心去哪了?"麻将军的额头已渗出了密密的汗粒,"我们的纪律,谁拿群众一截线,定叫他拿命还!"

"谅他初犯。"老根叔紧捂枪口,"依我看,他吃了一碗,就让他赔两碗,三碗……"

"不! 老根叔,我没有……"小冯大叫着。

"你没有吃? 那么,那碗面被狗吃了?"麻将军说着就使劲夺枪。

"王麻子,事情还没搞清就杀人,小鬼子的做派呢。"老根叔死死抱着枪说,"那碗面到底是小冯吃了还是哪条馋嘴的狗吃了,你让告状的人来对质!"

"好!"麻将军对人群里一位四十多岁的女人说,"槐花,你照实说。"

一提到槐花,人群立即炸开了锅:"黑心的婆娘,娃就吃你一碗面,怎么就告到将军这里来?""忘恩负义! 不记得你男人死后谁帮你做的重活累活？"

　　槐花不情愿地被人推出来，低低地说："昨天，夏战士帮我挖地沟，挖了几条泥鳅，我今早就煮了泥鳅面。刚盛进碗，见我娃从炕上摔下来，就跑了去。出来时，面不见了。我当时想，那期间只有小冯战士送柴来过……"槐花哽咽起来，"将军，我错了，那碗面没被人端走，是我见了我娃摔下炕就着急，一着急就随手放到窗台上，然后忘了，刚才找到了……"

　　众人一听，长舒一口气，麻将军也如释重负地坐到地上。不料小冯却大声说："槐花姨，你撒谎，那碗泥鳅面就是我端走的。"

　　麻将军和众人丈二和尚一般，看看小冯又瞅瞅槐花。

　　槐花神色慌张："我没……没撒谎。"

　　"没撒谎？那端给大家瞧瞧。"小冯梗着脖子，得理不饶人似的说。

　　"我吃了，吃到肚里了。"

　　"哈哈，你啥时舍得吃面了？还是泥鳅面？"小冯笑着，"你们看，槐花姨她骗人都不会哩。"

　　"是啊，槐花不是馋嘴婆娘。"老根叔说着就怪异地笑了，"槐花，敢情那面被你送给他……他吃了？"老根叔把"他"字咬得重重的。

　　人群一下子哄笑起来："啊，原来送给二愣子了……"

　　"没！我没送给他。"槐花满脸通红地争辩着，"那碗面，我不是给他做的。"

　　"嗨！给就给呗，有啥不好意思嘛。"一个汉子说着就吼起了《信天游》："哥哥你有情意哎，妹妹我情意深哎……"

　　"真不是给愣子哥的。"槐花委屈地说，"夏战士把泥鳅给我时叫我做给愣子哥吃，说他伤了腿。可我见麻将军都病了一个月，就打算给麻将军吃，哪知半路杀个程咬金……"

"啥？给麻将军的？"老根叔一下子气愤起来，"谁个畜生，连麻将军的面也忍心吃？"

众人正气愤着，一名执行任务归来的战士急忙跑进人群，说："将军，那面是小冯端的不假，可不是他吃的。小冯给槐花姨送柴时，看到了灶台上的泥鳅面，就想到您最近病着，于是端了。可小冯一端来就害怕了，就央我给您送去，我还向您撒谎说……"

"啥！"麻将军弹簧一般从地上跳起来，"我吃的那碗，就是就是……"麻将军一巴掌打在自己嘴上，"呸！呸！呸！"地唾起来。

小冯"扑哧"一笑，斜仰着脸，洋洋得意地说道："哼！反正我没说，我没说被狗吃了。"

"王麻子，你害了我！"老根叔一旁也"呸呸呸"地唾着："我说我不吃，你非给我半碗，害得我也成了半条狗……"

窑洞前又一次哄笑起来。

与老鼠较量

从省城来到江海市一个月后，老刁才把一直在江海工作的老战友老谭请到自己临时的家里。老哥俩正喝着酒，忽然"啊——"一声，小储藏间那边传来老伴玉英的惊叫声，令人毛骨悚然。老哥俩急忙跑过去，玉英指着小储藏间，嘴唇哆嗦："鼠……老鼠！"

老刁笑了："老太婆，不就一只鼠嘛，看把你吓的？哪去了？"

"从……从这儿，跑了。"玉英指着储藏间角落处的一个洞口说。

"跑就跑了吧，灰东西被你这一叫，怕也吓破胆咯。"老刁笑着，拍拍老谭肩头，"走，谭子，咱哥俩接着喝。"

老哥俩继续喝着聊着，玉英却心事重重，又说："那鼠东西，不知道是不是又来糟蹋粮食了？"

"老嫂子，一只鼠能吃你多少粮，还提它干啥？"老谭笑着，"没粮吃了，吱一声，老弟送你！"

"谭子，你这就不对了。"老刁放下筷子，"这灰头灰脑的东西，吃粮不少呢。"

"得！刁子，你就缺那口粮不成？"老谭摇着头，用筷子点了点老刁。

"是不缺，但这粮，斤斤两两不都是我和你老嫂子辛苦所得？干吗要让那灰东西糟蹋？"老刁说着，语气就有了些激愤，"贪东西，我一定要捉住它！"

老谭的脸上突然掠过一丝红，旋即，又露出一丝冷笑："但，刁子，你怎么抓住它？"

"哈哈！"老刁随手拿起一截竹篙，抓起老谭的胳臂，轻手轻脚地走到储藏间前，迅速拉开门。那只鼠果然又在粮袋上，见了人，纵身跳下。老刁刚要将竹篙打过去，鼠已钻进洞里，不见了。

接下来，老刁、玉英和老谭仿佛都对这只鼠产生了兴趣，一连突袭了几次，但每次那只鼠都在他们的眼皮下钻进了洞。后来还从洞口里探出头，像是故意逗他们玩。

折腾了两个钟头，毫无结果。

"老伙计，一大把年纪了，想开点。"临走时，老谭拍拍气呼呼的老刁的肩膀，"为那点儿事，气坏了身子骨，不值！"

次日晚,老刁又请老谭来。刚坐下,玉英就对老刁说:"按你说的,我放了耗子药。"

"那快瞧瞧去吧。"老刁高兴地拉起老谭走到小储物间前,"嘿嘿!灰东西怕是早见了阎王爷。"

老刁拉开门,那只鼠又从粮袋上跳下来,踩着老刁的脚背,钻进了洞里,还把长尾巴伸到外面摆几摆。那药呢,躺在地上,动也未动。

"老伙计,不是我损你,就你这智商,叫什么来着?对!小儿科!简直就是小儿科!"老谭拍着老刁的后脑勺,冷冷地说,"老家伙,别把你的对手想得和你一样——弱智!"

第三天晚上,老谭一进门就主动问那只鼠捉到了没有。老刁说:"看看去,这下看它还往哪儿跑?"

打开小储物间的门,那只鼠依然从粮袋上跳下来,慢腾腾地绕过洞口的鼠夹,还停下来看了看老刁他们,然后优哉游哉地钻进洞里。

老刁蹲下一看,鼠夹上那块北京烤鸭还在散发着浓郁的香气。老刁伸手想去挪个位置,"啪"一声,右手的小指尖被夹上了。老刁疼得"嗷嗷"叫。

"怎么样,聪明反被聪明误吧!老伙计,我劝你还是算了吧,你不是对手的!"老谭严肃地说,"以君之力,曾不能损鼠之一毛,况其他乎?哈哈,到头来,只怕误了卿卿性命哦!"

一个月后的一天晚上,在一场奇怪的车祸中大难不死的老刁,一出院就请老谭来做客。

老刁一瘸一拐地走到小储物间前,拉开门。那只鼠还是从粮袋上跳下来,悠悠然,走到洞口前,伸头往洞里钻。它的头一下子就钻进了洞里,但身子怎么也进不去——它太肥胖了。慌张中,它想退出来,但头被卡在洞里出不来——它进也不成退也不成,在洞口边胡乱地扭动、抓搔、挣扎和哀叫……

"哼!想不到吧,伙计!"老刁慢慢走过去,轻轻捏起那只鼠,"我弱智,但我能抓住你致命的弱点——贪!你能辨药识夹,但你无法抵御我的这袋精饲料。一个月里,我不再打扰你,让你安安静静地享用,也让你忘记了自己还能否从这洞里走出来。这不,你肥了,但你也抽不出身了!"说着,老刁将那只鼠举过头顶。

"哎……饶……饶它一命吧!"老谭靠着门框,浑身哆嗦,脸色铁青,嘴唇乌紫,语无伦次地说,"刁……刁……"

"你没事吧,尊敬的谭大市长!"老刁威严地说。

"刁……刁组长,我……我认了,我……我向你们……专案组,交……交代……"老谭说着,瘫软于地。

"啪!"老刁猛地将那只鼠从头顶砸下去!